La leyenda del rey Arturo
y sus caballeros

La leyenda del
rey Arturo
y sus caballeros

A. Dalmases

Ilustraciones

P. Ginard

© 2012, Antoni Dalmases por la adaptación
© 2012, Pere Ginard por las ilustraciones
© 2012, Combel Editorial, S.A.
Casp, 79 – 08013 Barcelona
Tel.: 902 107 007
www.combeleditorial.com

Diseño gráfico: Pepa Estrada

Primera edición: febrero de 2012

ISBN: 978-84-9825-726-7
Depósito legal: B-142-2012
Printed in Spain
Impreso en Índice, S.L.
Fluvià, 81-87 – 08019 Barcelona

ÍNDICE

[1]

Nacimiento e infancia de Merlín

El demonio –de todos es sabido y así lo cuenta la historia– no descansa nunca en su empeño de sembrar el mal. Vencido y lanzado a las tinieblas del infierno por las fuerzas del Bien, trama desde siempre mil formas para confundir a los humanos y atraerlos al abismo. Así, en aquellos tiempos tan remotos en que la niebla más espesa cubría las tierras de Inglaterra, ideó un nuevo plan para apoderarse del alma de los cristianos y, tomando forma humana de apariencia seductora, se acercó a una joven bella y honrada que vivía en un apartado rincón del país. Adulándola con palabras complacientes la cortejó, tentándola y engañándola con sus malas artes y, haciéndose irresistible, le hizo perder la voluntad hasta convertirla en víctima a su servicio.

La muchacha sonreía feliz, encantada con su nuevo amigo, aunque no olvidaba cumplir sus obligaciones cristianas con la frecuencia acostumbrada. Sin embargo, transcurrido un tiempo, la relación con aquel hombre tan atractivo se hizo más intensa, hasta el día en que, contra lo que suele ocurrir entre los auténticos enamorados, el supuesto galán no mantuvo con discreción y en secreto su conquista, sino que aquel diablo de aspecto humano se dedicó a divulgar por todas partes que la pobre chica a quien había engañado era una cualquiera que no merecía ningún respeto, dando a entender que se entregaba con extrema facilidad a todo el que la halagara un poco, y que por eso había quedado encinta no se sabía de quién. Y lo hizo con la idea de destruir la bondad y la fama de la muchacha, para que todo el mundo creyera que llevaba la más despreciable y ruin de las existencias.

Esas calumnias y mentiras difundió el enviado del infierno, y consiguió poner en contra de la pobre chica a cuantos la conocían, que la acusaban de tener malos hábitos y de ser una pecadora, a pesar de que ella no era culpable de falta alguna, ya que simplemente había escuchado, complacida e inocente, las palabras seductoras de aquel desconocido perverso a quien creía su amigo, que ahora se revolvía en su contra. Pero como el diablo se complace buscando el mal de sus víctimas, con artes demoníacas y maléfica destreza logró convencer uno a uno a los habitantes de aquel lugar para que la juzgasen y condenasen, acusándola de ser medio bruja y medio loca, ya que ella insistía en que no había cometido ningún acto deshonesto, a pesar de que su embarazo era más evidente cada día.

En aquel estado, su belleza parecía acentuarse todavía más, cosa que contribuía a alimentar envidias y malévolas habladurías, que con odio y desconfianza propagaba la gente. Hasta que después de muchas suposiciones, bajezas y mentiras lograron obligarla a comparecer ante los jueces, que le pidieron razón de quién era el padre del hijo que estaba esperando. Y entonces ella les sorprendió asegurando con toda su convicción y con todas sus fuerzas que aquel hijo que esperaba no tenía padre.

Los jueces, evidentemente, no creyeron que aquello fuera posible, convencidos de que pretendía engañarles, mostrando además un absoluto desprecio por las leyes humanas y divinas. La amenazaron con una severa condena por infiel y pecadora pero ella, segura de no haber faltado a ningún mandamiento, insistía respondiendo con la única verdad que conocía:

–Mi hijo no tiene padre.

Esta insistencia y la necesidad de saber qué era exactamente lo que había sucedido para que aquella mujer se negara a confesar su pecado, los inclinó a aplazar la sentencia hasta el nacimiento de la criatura. Así, mes a mes, le daban tiempo para que acabara revelando la identidad del hombre con quien compartía su culpa.

Pasaban los días. De cuando en cuando, la mujer era citada a declarar el nombre del padre de ese hijo que iba a nacer, y ella siempre contestaba lo mismo:

–Mi hijo no tiene padre.

Palabras a las que los jueces, con airada incredulidad, respondían amenazando sentenciarla a morir por hereje y por malvada. Para aumentar el temor de la mujer, el tribunal acordó llamar al sacerdote del pueblo para que confesase a la acusada y para ver si a él le contaba finalmente la verdad. El cura, que la conocía muy bien y sabía que era una mujer piadosa y serena, estaba sorprendido por la situación, pero insistió preguntándole si había cometido algún pecado del que debiera arrepentirse.

–¡Que Dios salve mi alma, reverendo Blas –contestó ella–, porque Él sabe con toda seguridad que yo no he hecho nunca nada indecoroso, ni he estado con nadie para quedarme embarazada!

El cura solo pudo decir:

–No te apures. Cuando este niño nazca, se sabrá que dices la verdad. Tengo confianza en Dios y sé que no has mentido. Él te salvará de la muerte.

Los jueces preguntaron al sacerdote si había aclarado el caso.

–Señores –les respondió–, no os explicaré todo lo que sé. Solamente os pido que mientras esté encinta cuidéis de esa mujer; ordenad que en el momento del parto la atiendan y acompañen otras mujeres.

Así lo hicieron los jueces, y el sacerdote, al marchar, se acercó a la ventana tras la que estaba encerrada la chica para aconsejarle:

–Cuando nazca tu hijo, di que quieres que lo bauticen de inmediato. Haz que me llamen a mí, que yo vendré para evitar tu muerte.

Y el niño nació. Y en el mismo instante en que vio la luz de la vida, le fue concedida parte de la inteligencia y del poder propios del diablo, ya que había sido el diablo quien lo había engendrado. Pero el diablo no contaba con la bondad de la chica ni con la fuerza que Nuestro Señor le daba, protegiéndola, porque desde que se había encontrado en aquella peligrosa situación, ella siempre había acudido a la plegaria para consolarse, sin maldecir ni dejarse llevar por la desesperación ni una sola vez. Por eso, la bondad del Señor protegía a la joven y su bebé recibió de la madre una buena parte de su buen corazón.

Cuando las mujeres que ayudaban al parto hubieron lavado y vestido a la criatura, la llevaron ante su madre, quien, con solo tomarlo en brazos por primera vez, le miró y no pudo evitar un comentario en voz baja:

–Este niño me da miedo...

–A nosotras también –murmuraron las mujeres que la habían oído.

–Llevadle a bautizar de inmediato –pidió la madre.

–¿Y qué nombre quieres que le pongamos? –le preguntaron.

–El nombre de mi padre: Merlín.

Una vez bautizado, lo llevaron de nuevo a la madre para que le amamantara. Durante un tiempo la sentencia quedaba pendiente, ya que tenía que alimentar a su hijo. De este modo pasaron nueve meses y el niño crecía tanto que parecía mucho mayor de lo que era.

El cura, el reverendo Blas, consiguió con argumentos piadosos demorar una y otra vez la sentencia. El buen sacerdote, además, obtuvo el permiso para cuidar de la madre acusada y de su hijo. Y con el encargo de vigilarlos y averiguar la identidad del padre del niño, acompañaba las plegarias piadosas de la buena mujer.

Pasó el tiempo. Merlín aprendió a andar y creció bajo la tutela de la madre y de aquel hombre piadoso que, cada semana, daba cuenta ante los jueces y reclamaba clemencia para una mujer que tenía que educar a un hijo sin ninguna ayuda. Pero la curiosidad de los jueces no menguaba, ya que por eso habían ido retrasando la sentencia: porque temían que mandando ejecutar a la mujer nunca podrían saber quién era el padre del niño. Hasta que llegó un día en que anunciaron que finalmente dictarían sentencia, dando a entender al reverendo Blas que su paciencia se había acabado y que pensaban condenar a muerte a la impía acusada.

Así las cosas, al saber que no podían tardar en ejecutarla, una mañana que tenía al niño en su regazo, la madre le habló con lágrimas en los ojos:

–Querido hijo, yo moriré por ti, sin merecerlo. Nadie sabe cómo fuiste engendrado y nadie me cree cuando lo explico. Esta será, pues, la causa de mi muerte.

Así se lamentaba, al ver próximo su suplicio, hasta que el niño la miró y le habló con la seguridad con que lo haría una persona adulta y juiciosa:

–Querida madre, no llores ni sufras, porque en ningún caso seré yo la causa de tu muerte.

Estas palabras sorprendieron y llenaron de alegría a la mujer y a dos de las que la acompañaban en aquel momento. «¡Un niño capaz de hablar de esta manera solamente puede ser un sabio virtuoso enviado por Dios!», se dijeron.

Corrieron a llevarlo ante los jueces, que no creían que un muchacho de tan corta edad hubiera hablado con la inteligencia y claridad que las mujeres aseguraban. Pero, una vez allí, la criatura no dijo ni una palabra, a pesar de los ruegos de su madre, por lo que los jueces insistían en acabar cuanto antes aquel largo proceso. Y uno de ellos dijo:

–Esta es una nueva estratagema para retrasar la ejecución –y preguntó a las mujeres–: Vosotras que habéis estado con ella, ¿creéis que es posible que nazca un niño que no tiene padre?

–No, es imposible –respondieron ellas.

–¡Pues ya basta de mentiras! Nada se opone a que se cumpla la sentencia de manera inmediata –aseguró el juez principal–. Nosotros te condenamos a morir quemada en la hoguera, por infiel, mentirosa y bruja.

Fue entonces cuando, para sorpresa de todos, el niño habló:

–Señores, si ejecutáis a mi madre porque miente, deberéis ejecutar a todas las mujeres y todos los hombres de nuestro pueblo, porque todos, en un momento u otro de sus vidas y en cosas aún más graves, han mentido y mienten. Porque debéis saber que yo conozco todos vuestros secretos y, por ejemplo, ya que estáis tan preocupados por saber quién es mi padre, tengo que decirte a ti –señaló al juez principal– que yo sé quién es mi padre mejor que tú quién es el tuyo.

Un rumor de consternación y escándalo recorrió la sala.

–¡Merlín! –se enfureció el juez–. Si eso fuera cierto, tu madre se liberaría del suplicio mortal que le espera. Pero si no puedes demostrarlo, también tú, a pesar de ser un niño, arderás con ella.

–Que comparezca pues tu madre y se sabrá de una vez toda la verdad... –dijo Merlín.

El juez, cada vez más irritado, vio que no había otra forma de acabar con aquella enojosa situación y acordó, aconsejado por el resto del tribunal, que en un término no mayor a los quince días se resolviera todo, haciendo que su anciana madre acudiera desde el pueblo donde vivía.

Durante este tiempo, además de la seguridad y el amor que recibía de su hijo Merlín, la madre tenía a su lado al sacerdote confesor, que ya estaba absolutamente convencido de su inocencia y rogaba a Dios que salvara a la pobre mujer y a su hijo de una condena tan severa.

Hasta que llegó el esperado día de la comparecencia. Y cuando Merlín tuvo ante sí a la madre del juez, le advirtió severamente:

–Debéis saber, señora, que, a pesar de mi edad y mi aspecto infantil, yo tengo el poder de saber todo lo que ha ocurrido en el pasado y todo lo que ocurrirá en el futuro. Os lo digo para que midáis bien vuestras palabras y no faltéis en nada a la verdad cuando vuestro hijo os pregunte.

Y el juez preguntó:

–Querida madre, dispensad el atrevimiento, pero decidnos: ¿verdad que yo soy hijo de vuestro esposo legítimo?

–Naturalmente, hijo mío –respondió ella, sorprendida por la pregunta.

–Señora –intervino Merlín de inmediato–, tened presente que yo conozco toda la verdad y que de vuestra fidelidad a lo que es cierto dependen las vidas de mi madre y la mía.

–¿Y te parece que he faltado a la verdad, demonio? –repuso enfadada.

–Señora, vos sabéis que él no es hijo de quien cree... –insistía Merlín.

–¿Y de quién es hijo, si no...? –replicó ella, nerviosa.

–¿Haréis que lo diga yo? –Merlín hablaba mirándola con piedad–. Debéis admitir que poco antes de casaros con el padre del juez, vos habíais sido víctima del ataque brutal y sucio de un desconocido, que nunca quisisteis confesar a nadie para no perder el honor. Y al notaros extraña pedisteis casaros enseguida a vuestro amado prometido, de modo que vuestro marido nunca sospechó nada, al saber que estabais encinta... ¿Os atreveréis a decir que estoy equivocado?

Cuando la madre del juez oyó aquello, que sabía que era absolutamente exacto, las piernas le empezaron a temblar, la vista se le nubló y a punto estuvo de desmayarse. Corrió con las pocas fuerzas que le quedaban a abrazarse a su hijo, llorando desesperadamente.

–¡Hijo mío querido, ten piedad de mí! Todo eso es cierto, pero toda la vida te he amado y tu padre te amó también hasta el mismo día de su muerte…

La consternación y la sorpresa eran tan grandes, que nadie entre los presentes sabía qué decir.

El juez, conmovido por el doloroso secreto que su madre había guardado durante tantos años, la abrazaba con los ojos anegados en lágrimas, dando a entender a la pobre anciana que sus sentimientos no cambiaban en absoluto después de aquella revelación.

Y todos los presentes admiraron el valor y la sabiduría del jovencísimo Merlín, que se había ganado el respeto y la libertad con sus singulares facultades.

–Ya habéis visto que mi hijo os decía la verdad –dijo, feliz, la joven madre–. Mandad ahora que venga el reverendo Blas, mi confesor, el único que de verdad ha creído en mí desde el principio, para que sepa que tenía razón y que sus plegarias y las mías han sido escuchadas.

El juez mismo relató al sacerdote lo que había ocurrido, y él quedó tan impresionado por la capacidad de Merlín, que siendo una criatura de pocos años tenía unas facultades tan extraordinarias que no entendía de dónde le podían venir. Merlín adivinó las dudas del buen hombre y sin que llegara a decirle nada le aclaró:

–No te esfuerces queriendo entender lo que no es comprensible por mente humana alguna, Blas.

–Me asusta –dijo el clérigo– tu supuesto parentesco con el diablo…

–No te preocupes. Si he sido engendrado por el diablo como dices, también he conocido la fuerza del Bien que me acerca a Dios. Ya lo has comprobado durante todos los años que me has visto crecer junto a mi madre. Tú, como sacerdote, estás preparado para comprender que el poder de Dios es mucho más fuerte que ningún otro en este mundo, y que, por este motivo, las fuerzas del mal, sometidas desde los tiempos más remotos, están siempre bajo el poder del Bien, de manera que mi magia, los dones y las facultades sobrenaturales puestos al servicio del Señor pueden ser una gran ayuda para difundir la bondad y la fe por todo el mundo.

Desde entonces, el reverendo Blas permaneció junto a Merlín y su madre, convirtiéndose en fiel cronista de la vida y de algunas acciones singulares protagonizadas por Merlín, que son las que aparecerán relatadas en una parte de este libro.

[2]

La torre del usurpador

Hubo unos años oscuros y lejanos, en que Inglaterra era una isla dividida en pequeños reinos, muchos de los cuales no eran ni cristianos. Uno de los reyes ingleses que sí seguía la doctrina de Nuestro Señor se llamaba Constant, y tenía tres hijos. El mayor era Moine, el segundo Pendragón y el pequeño Uter. El rey Constant tenía un hombre de confianza, Vertigier, un noble astuto y hábil, de valor probado, que era el caballero principal de la corte, distinguido con el título de senescal.

Cuando el rey Constant murió, todo el mundo estuvo de acuerdo en que la herencia y el reino quedaran para su hijo mayor, Moine, el cual, a pesar de su corta edad, fue coronado rey, siguiendo los consejos del senescal Vertigier. Sucedió entonces que los pueblos del norte, conocidos como sajones, declararon una guerra a todos los reinos y habitantes de Inglaterra que seguían las leyes cristianas, a los que se apresuraron a atacar sin tregua. Y como el rey Moine era casi un niño sin ninguna experiencia militar ni formación guerrera, el senescal Vertigier era quien comandaba las tropas y dirigía las operaciones y el país.

De esta manera, Vertigier demostró ser un caballero valiente y atrevido, un buen caudillo para sus hombres, que se había ganado la simpatía no solamente de los soldados combatientes, sino de todos los habitantes de los pueblos que protegía con su estrategia, hasta el punto de ser reconocido en todo el reino como señor principal.

Consciente del poder que iba acumulando, y orgulloso de haberse convertido en la figura más importante del reino, se planteó que, puesto que era insustituible, no era lógico que fuera vasallo de un rey que no sabía proteger tierras y súbditos. Y decidió renunciar durante un tiempo a dirigir al ejército del reino, dejándolo en manos del joven monarca inexperto.

Como era de esperar y él ya preveía, al cabo de muy poco tiempo los sajones empezaron a conquistar y saquear el reino. Por eso, el rey Moine se apresuró a mandarle a buscar para pedirle que volviera a dirigir la defensa.

–Por favor, querido amigo –le suplicaba el rey–, ¡ayúdame! ¡La suerte del reino y de todos nosotros depende de ti!

–Hay muchos otros nobles que me criticaban diciendo que yo tomaba el mando del país... –respondía, malicioso, Vertigier–. ¡Ahora les toca a ellos batallar!

Y no hubo modo de convencerlo, por lo que el joven rey y sus tropas siguieron acumulando una derrota tras otra ante los enemigos sajones.

Era evidente que el inexperto rey Moine era incapaz de conducir el país, que estaba al borde de su desaparición. Por eso, un grupo de nobles fueron a pedir de nuevo a Vertigier que interviniera, y lo hicieron con estas palabras:

–Estamos sin rey y sin capitán, señor. Y te queremos pedir a ti que seas nuestro rey y nuestro capitán.

–Señores –les contestó Vertigier, con evidente doble intención–, si el rey hubiera muerto y vinierais a pedirme esto, yo aceptaría con sumo placer y toda lealtad. Pero mientras Moine viva, esto es absolutamente imposible.

Ellos entendieron lo que quisieron entender. Y tomaron la decisión que Vertigier había previsto que tomarían: mataron a Moine, atacándolo a traición.

–Señor –volvieron al poco tiempo–, ya puedes ser nuestro rey, porque Moine ha muerto.

–¡Caballeros! –respondió Vertigier, que ya los esperaba–. Sois unos traidores. Habéis asesinado al rey y yo os aconsejo que huyáis, si no queréis que los otros nobles del reino os maten en cuanto lo sepan. Os aseguro que a mí también me enerva veros aquí...

Perplejos y asustados, comprendieron que no les quedaba otro remedio que huir, ya que habían sido víctimas de su precipitación y de la maniobra astuta del antiguo senescal.

Muerto Moine, pues, Vertigier fue proclamado rey, y asistieron a la ceremonia de la coronación los dos preceptores de los otros dos príncipes jovencísimos, Pendragón y Uter, que enseguida se dieron cuenta de que quien había sido senescal era un hombre lo bastante astuto y malicioso como para haber tramado el asesinato de Moine.

«Ahora que ha conseguido ser rey –se dijeron–, Vertigier no parará hasta hacer desaparecer a estos dos infantes que nosotros cuidamos. Y, claro está, también mandará que nos maten a nosotros».

Por este motivo, sigilosamente, los dos preceptores tomaron a los jóvenes príncipes Pendragón y Uter, y huyeron hacia Oriente, a las tierras de donde se decía que provenían sus antepasados.

Al mismo tiempo, enterados de que Vertigier ya había sido coronado, los antiguos asesinos de Moine volvieron para pedir al nuevo señor los favores que por su acción creían merecer, ya que le habían facilitado el camino al poder. Pero Vertigier no quiso ni escucharlos.

–¡Prended a estos hombres! –clamó en cuanto se presentaron ante él; y mostrando su astuta e implacable maldad, ordenó–: Ejecutadlos, porque ellos fueron los asesinos de nuestro joven rey, el amado Moine, y ahora pretenden acabar también conmigo, ya que ocupo el trono que ellos hicieron que quedara vacante.

Los familiares, parientes y amigos de los condenados se presentaron ante él pidiendo una clemencia que no obtuvieron. Por eso, una vez que los nobles habían sido ajusticiados con todo el deshonor de los traidores, renegaron del nuevo rey, diciendo:

–Sanguinario Vertigier, no solamente no te reconocemos ningún derecho a la corona que has usurpado y renegamos de ti como rey y señor del país, sino que además te juramos que lucharemos en tu contra mientras uno de nosotros quede con vida para hacerlo. A partir de ahora te desafiamos. Has de saber, pues –concluyeron– que tú morirás como han muerto nuestros parientes.

Así comenzaron las hostilidades entre Vertigier y un grupo de nobles que fue en aumento día tras día, hasta el punto de que empezaron a ganarle terreno.

Estos ataques provocaron una situación tan desesperada y peligrosa, que el usurpador, encontrándose sin salida, tomó la determinación de firmar la paz con los enemigos sajones, pasando por alto todos los crímenes y ofensas que en el pasado habían infligido a su pueblo. Y en su deseo de encontrar aliados, no abandonó únicamente la práctica de su fe, sino que tomó como esposa a una noble sajona, convencido de que este matrimonio sellaría la alianza con los infieles y lo protegería de los ataques de su antiguo pueblo, así como también de las reclamaciones de Pendragón y Uter, los hijos del rey Constant y hermanos de Moine, que empezaban a difundirse por todo el reino.

Y en su obsesión por protegerse, Vertigier tuvo además la idea de hacerse construir una torre vigía muy alta, extraordinaria, desde la que pretendía otear y prevenir cualquier ataque, por lejana que fuese su procedencia.

Puso a trabajar sin descanso a sus hombres en la construcción de esa ambiciosa torre. Pero cuando estaban a punto de coronar la obra y darla por terminada, se derrumbó con estrépito. El miedo del senescal traidor iba en aumento, y por eso ordenó empezar la obra de nuevo para volver a levantarla enseguida. Pero otra vez cayó la torre poco antes de estar terminada. Y todavía al tercer intento se hundió por tercera vez.

Vertigier, furioso y obsesionado, no entendía los motivos de estas desgracias. Para él, sólo podía tratarse de alguna maldición que no sabía comprender, y mandó llamar a sabios y clérigos, pidiéndoles, desesperado, que encontraran a alguien especializado en astrología o algún arte de adivinación, capaz de prever el futuro y explicarle por qué la torre que quería levantar caía a cada intento.

Los sabios tardaban y tardaban en tomar una decisión que valiera como respuesta al enigma, ya que todos ignoraban los motivos de la mala suerte de Vertigier. Naturalmente, ninguno de ellos se atrevía ni siquiera a pensar que la desgracia pudiera atribuirse a un castigo provocado por las malas obras de aquel rey usurpador, al haber destruido el reino y pactado con el enemigo,

entregándole el país, después de haber traicionado a su pueblo movido por una desmesurada ambición. Y los supuestos sabios se entretenían y se preguntaban unos a otros cómo podrían salir de aquel aprieto, antes de que Vertigier perdiera la paciencia y descubriese que no sabían qué decirle.

Hasta que uno de los más viejos de los que habían sido llamados al consejo real recordó una historia que había oído hacía tiempo y se la comentó en voz baja a los demás, pensando que quizás aquello podría satisfacer las exigencias de respuesta de su señor.

–He oído decir –explicaba– que en algún lugar de Inglaterra hay un muchacho extraordinario, de unos siete u ocho años, nacido de una mujer pero sin padre, que nos podría ayudar...

Consideran, barruntan, piensan, reflexionan y especulan, hasta que acuerdan que, para ganar tiempo y salvarse, dirán al rey que para que la torre aguante, el cemento con que se ha de construir debe estar amasado con la sangre de aquel muchacho tan especial que ha nacido sin padre.

Y para hacerlo todo más creíble, decidieron ir de uno en uno a ver al rey para indicarle, a manera de confidencia reveladora y como si no hubiesen hablado entre ellos, aquella idea, para que la creyera, al ver que todos por separado habían llegado a la misma sabia conclusión.

–Es muy extraño que todos me hayáis dicho lo mismo... –decía Vertigier, sorprendido por aquella respuesta–. ¿Cómo es posible que exista alguien que haya nacido sin padre?

–Nunca hemos oído ni conocido nada igual, pero este caso nos ha sido revelado por diversas fuentes, por lo que creemos que debe de ser cierto. Haced que le busquen, señor, por todos los rincones de esta isla...

Esta fue la solución que le dieron, y Vertigier decidió enviar seis parejas de mensajeros para que buscasen al chico por diferentes lugares. Antes de partir, hizo que los doce juraran que, al instante de localizarlo, le matarían y traerían su sangre para construir la torre deseada. Y salieron prestos, con la orden estricta de no volver hasta encontrarle, si no querían morir.

Viajaron y viajaron los enviados en busca del joven Merlín. Hasta que un día, cruzando un pequeño pueblo, dos de ellos vieron a un chico que lloraba y se quejaba de una pedrada en una pierna. La piedra se la había tirado Merlín, que ya conocía la llegada de los dos caballeros que le buscaban y quería que le encontrasen enseguida. El herido gritaba, furioso y dolorido; tanto, que uno de los mensajeros se paró a preguntarle:

–¿Quién te ha herido, chico?

–¡Ha sido el hijo de la mujer que está sola, uno que no ha tenido nunca padre!

Los dos hombres se pusieron alerta de inmediato. Y Merlín, que seguía la escena sonriendo, escondido allí cerca, fue hasta ellos.

–Señores, es a mí a quien buscáis… El rey Vertigier os ha ordenado que me matéis y que os presentéis en su castillo llevando mi sangre, ¿verdad?

–¿Y tú, cómo sabes eso? –se extrañaron.

–Yo lo sé todo… Y os prometo que, como sé también que no tenéis ninguna intención de matarme (lo decía porque se les veía muy sorprendidos y hasta asustados), os acompañaré a ver a vuestro rey y le explicaré por qué no se aguanta su torre.

–¡Este muchacho –se dijeron– es extraordinario! Haríamos muy mal matándolo…

–Seguidme un momento a ver a mi madre –les pidió Merlín– porque quiero despedirme de ella.

Y por el camino tomó el aspecto de un joven apuesto y decidido.

La madre de Merlín vivía en un convento de religiosas, llevando una vida piadosa y recogida. Se entristeció al oír que su hijo, tan joven, abandonaba su pueblo para marchar lejos.

–Ten cuidado con los mil peligros que siempre acechan y amenazan por el mundo, hijo mío… Y ve a despedirte del reverendo Blas.

Hablaba como una madre que ama a su hijo y sufre por él, pero sabía muy bien que Merlín tenía un don que le permitía protegerse de cualquier peligro. Y una vez que se hubo despedido de la madre, Merlín fue a visitar al sacerdote, con quien le unía desde siempre una profunda amistad, para encargarle que se ocupara de escribir todo lo que habían vivido juntos hasta entonces y todas las cosas que oyera decir de él a partir de aquel momento.

–¿Y cómo podré hacerlo? –replicaba el cura–. Además, yo ya soy viejo y...

–No te apures –le respondió Merlín–, que todavía vas a vivir muchos años. Y te llegarán noticias mías de cuando en cuando, porque vendré a verte en persona o a través de algunos enviados, para que puedas anotar todo lo que creas conveniente. Y mientras el mundo sea mundo, tu obra permanecerá viva en la memoria de muchos.

–¿Cómo puedes asegurar todo esto? –le preguntó, incrédulo, uno de los mensajeros que le acompañaban.

–Debo decirte –aclaró Merlín–, para que todos sepan con certeza que los poderes que tengo me fueron concedidos en el día de mi nacimiento, que en el reino a donde ahora nos dirigiremos, yo procuraré con mis dones que aparezca un linaje especialmente querido por Nuestro Señor. Pero este propósito solamente se cumplirá con el cuarto rey de la familia, y será uno que se llamará Arturo. Y tenéis que saber, además, que no habrá en toda la tierra muchas historias tan conocidas y admiradas como la suya y la de sus caballeros. Unas historias que recogerán la existencia y las aventuras de unos hombres que buscarán el Santo Graal, el cáliz en el que bebió Jesucristo en la última cena con los apóstoles, antes de ser prendido para crucificarle; el mismo cáliz que hay quien dice que fue utilizado por su amigo y seguidor, el caballero José de Arimatea, para recoger las gotas de sangre de Jesús cuando agonizaba en la cruz.

Los que oyeron aquellas palabras no supieron si debían creerlas o no, pero los que seguimos este relato sabremos que Merlín no hacía más que avanzar y predecir lo que a buen seguro ocurriría.

[3]

La dinastía de los Dragón

Con sus dos acompañantes, Merlín cruzó tierras y poblados durante unos días, hasta que al llegar a los alrededores de la corte de Vertigier, los mensajeros se detuvieron para confesar sus temores al muchacho.

–Tú que pareces saberlo todo –le dijeron–, aconséjanos sobre lo que debemos hacer ahora, ya que si nos presentamos ante nuestro señor contigo y ve que hemos desobedecido sus órdenes no dándote muerte, nos matará, tal como amenazó hacer cuando partimos en tu busca.

–No os preocupéis –aseguró el mago–. Explicadle todo lo que habéis visto que soy capaz de hacer y aseguradle que yo puedo resolver su problema con la torre que se cae.

No muy convencidos, entraron en el castillo. Vertigier los recibió, pero mientras escuchaba los hechos extraordinarios que le relataban, fue anunciada la llegada a la corte de un hombre desconocido y singular que afirmaba saber por qué motivo la torre que construía el rey se derrumbaba a cada nuevo intento.

–¡Hacedle pasar! –ordenó Vertigier, dejando a medias la conversación con los mensajeros, porque creía que habían llegado otros de sus enviados con la sangre que había solicitado.

Pero el hombre con quien se encontró no era de los suyos.

–¿Quién eres tú? –inquirió, contrariado, el rey.

–Te han mentido, señor –fueron las primeras palabras que pronunció el extranjero, en lugar de responder–. Los supuestos sabios que te aconsejaron sobre cómo hacer que tu torre aguantara, te engañaron. Yo soy el que no tiene padre, sí, pero no es con mi sangre como mejorarán las cosas en tu reino que, por cierto, tienes ya bastante complicadas.

Vertigier se tomó aquellas palabras como una insolencia, y ya estaba a punto de dar la orden de hacerle prender y ejecutar, pero el desconocido, que le adivinaba las intenciones, detuvo su furia, diciéndole:

–Más te conviene escucharme, que hacerme matar, Vertigier. Procura que tu rabiosa ambición no te vuelva a jugar una mala pasada... Al fin y al cabo, si lo que quieres es conocer por qué cada vez se os hunde la torre, solamente yo te lo puedo explicar. Y enseguida podrás comprobarlo.

El rey se sorprendió, porque el extraño visitante le había leído el pensamiento y también porque hablaba con la seguridad y la firmeza propias de los que saben que tienen la razón.

–Has de saber –continuó Merlín– que bajo el suelo, en el lugar exacto donde tú quieres construir la torre, se encuentra una gran extensión de agua. Y bajo este lago subterráneo viven dos dragones, uno blanco y otro rojo, que aguantan encima dos rocas enormes. Te estoy hablando de dos bestias desmesuradas, nunca vistas, enormemente robustas, muy fuertes, cada una de las cuales desconoce la existencia de su contrario. Siendo así, pues, cada vez que empezáis a construir la torre, el peso de la tierra presiona el agua subterránea, que al mismo tiempo oprime con fuerza las piedras que los dragones soportan y, claro está, para no morir aplastados, haciendo uso de su descomunal fuerza, desplazan las piedras y el agua hacia arriba, de manera que toda la tierra se mueve y se quiebra, destruyendo vuestra construcción. Haz, pues, que excaven y examinen bajo tierra, y si te he mentido puedes ajusticiarme. Pero como comprobarás que tengo razón, sabrás que más te conviene hacerme siempre caso.

Esperanzado, el rey ordenó de inmediato que todo el mundo se pusiera a cavar y, como había una multitud trabajando, enseguida llegaron al nivel donde se encontraba el lago subterráneo, comprobando que Merlín no los engañaba.

–¿Cómo haremos para encontrar a los dos dragones? –inquirió Vertigier al mago.

–Haz que, con canales diversos y profundos, esta agua corra por los campos. Cuando el lago esté seco podrás ver las dos piedras enormes bajo las que viven los dos dragones.

–¿Y cómo conseguiremos que salgan de debajo, si las dos rocas son montañas tan grandes que, según tú mismo dices, no se pueden mover?

–Se trata de conseguir que los dos dragones sientan la presencia el uno del otro y se enfrenten –respondió Merlín–. Veréis entonces que se enzarzan en una lucha tremenda y sin tregua, hasta que uno de los dos muera.

–¿Y puedes decirme cuál de los dos será el que muera? –pidió Vertigier.

–El blanco matará al rojo –afirmó Merlín–, pero has de saber que esta batalla tiene un valor simbólico, que no te descubriré hasta después.

Merlín decía aquello porque los hombres ya habían removido bastante la tierra, de manera que poco tardaron en aparecer los monstruos terroríficos, que impresionaron a todos.

El rojo, muy agresivo y feroz, tenía un aspecto más espantoso, descomunal, y era más grande que el blanco, por lo que Vertigier pensó que aquel sería el vencedor.

Al instante, los dos animales, con solo intuirse mutuamente, se embistieron con brutalidad, intercambiando rugidos, golpes y dentelladas, con una violencia que ninguno de los que presenciaba el combate hubiera podido ni imaginar. La lucha encarnizada duró un día y una noche, sin parar ni un momento la batalla feroz, y se prolongó hasta el día siguiente, cuando el sol llegaba al punto del mediodía. Los espectadores estaban convencidos de que el rojo, más brutal, fuerte y expeditivo, sería el vencedor. Pero, de pronto, de la garganta del blanco salió un aullido espantoso seguido de una potente llamarada que abrasó a su contrincante y le derrumbó con estrépito, provocándole un doloroso tormento que solamente pudo acabar con la muerte. Liquidado el adversario, el dragón blanco se apartó del campo de combate y se acostó, rendido, cerca del agujero donde había estado viviendo. Y allí descansó con un sueño muy tenso de respiración débil que se fue apagando, hasta que al cabo de tres días expiró, rendido, entregando su vida a causa de las muchas heridas que su contrincante le había infligido.

Todos los que habían seguido aquel insólito combate quedaron convencidos de que nunca en la vida volverían a ser testigos de una lucha igual.

–Ahora, Vertigier, puedes construir la torre de defensa que querías, sin peligro de que se derrumbe –dijo Merlín, dirigiéndose al rey.

–Pero tú tienes que decirme el significado simbólico de este enfrentamiento nunca visto.

El mago calló un instante antes de recomendarle que era conveniente que aquella conversación que le pedía la tuvieran en algún lugar discreto, los dos solos, porque era preferible que nadie más oyera lo que le iba a decir.

–Esto que has visto –le explicó Merlín, una vez solos– representa el pasado y el futuro. El dragón rojo, más poderoso, eres tú. Y te diré por qué: como bien sabes, los dos hijos del rey Constant eran demasiado jóvenes cuando murió Moine, su hermano. Tú deberías haberlos protegido y enseñado como a príncipes que son, para que heredasen el reino, pero faltaste a tu palabra de ministro y quisiste ser rey. Ellos huyeron, temiendo que, además de la corona y las tierras, les quitaras la vida, como habías hecho con los asesinos de su hermano. Parecías el único vencedor posible, como el dragón rojo al principio del combate. Pero después, con tu exceso de ambición, has ido ganándote enemigos, hasta el punto de que el temor de todos los que pueden atacarte te hace construir una torre de defensa que no va a protegerte del único enemigo auténtico a quien nunca lograrás vencer: tú mismo.

Aquellas palabras asustaron todavía más a Vertigier, multiplicando tanto sus temores, que solamente fue capaz de decir:

–Merlín, tú que eres un hombre tan sabio, ¿puedes decirme cómo será mi muerte?

–Que el dragón blanco haya matado al rojo con fuego quiere decir que los dos hijos de Constant, que han estado acumulando fuerzas, te harán quemar. ¡Y no te imagines que la torre que estás construyendo podrá protegerte de tu destino!

–¿Y qué puedo hacer, pues, para salvarme? –preguntaba aterrorizado, Vertigier.

–Nada –replicó, contundente, el mago–. Los dos príncipes ya se han hecho a la mar con un buen número de hombres, y vienen hacia aquí a vengarse y a recuperar su reino. Llegarán dentro de tres meses.

Profundamente turbado por lo que acababa de saber, Vertigier se apresuró a convocar a su Consejo y ordenó que todas las tropas se dispusieran a lo largo de la costa, para defender al país de una invasión que llegaría por mar.

Entonces, Merlín, consciente de que su trabajo allí había acabado, comunicó al rey que se marchaba porque ya había cumplido lo que tenía que hacer en la corte de Vertigier, una vez descubierto el secreto de la torre y el significado de los dos dragones ocultos. Y naturalmente nadie se atrevió a contradecir el deseo de un hombre que se había mostrado tan sabio y poderoso.

Así pues, cuando Vertigier estaba a punto de acabar su torre, Merlín volvió a su país, a las tierras de Northumberland, donde se encontró de nuevo con su anciana madre y su amigo el reverendo Blas, que se encargó de escribir todo lo que Merlín le relató que había vivido durante aquellos meses de ausencia. Y allí descansó durante un tiempo, hasta que los hijos de Constant le fueron a buscar.

Mientras, los hombres del rey Vertigier esperaban en la costa el día que Merlín había vaticinado, que llegó a los tres meses exactos de abandonar el mago aquel reino.

Y sucedió que los hombres y todo el pueblo, al ver llegar por mar una magnífica escuadra de barcos navegando a toda vela, con las banderas del reino ondeando, empezaron a lanzar vítores y gritos de alegría, convencidos de que el esperado retorno de aquellos estandartes significaba el retorno de la paz y la prosperidad del país. También los soldados, que esperaban la invasión en la costa, entendieron enseguida que los dos jóvenes príncipes hijos de Constant volvían para enderezar el reino, tomar posesión de lo que les pertenecía, expulsar al usurpador Vertigier y vengar la muerte de su hermano. Por eso, todos pensaron que no tenía ningún sentido luchar contra los hijos de su señor legítimo, abandonaron masivamente las armas y se negaron a impedir la entrada de las naves.

De esta manera, la entrada de Pendragón y su hermano Uter fue una fiesta triunfal, que solamente fue contestada por Vertigier y unos cuantos de sus más fieles servidores, que se hicieron fuertes parapetándose en la torre que dominaba el puerto.

Allí fueron atacados durante unos días por los hijos de Constant y sus hombres, los cuales, después de haberlos sitiado por un tiempo infructuosamente, decidieron incendiar la torre. Se cumplieron, pues, los designios del destino que el mago sabio había profetizado para el traidor Vertigier, al anunciarle que moriría quemado, tal como había muerto el dragón rojo.

Así es como la historia explica que los hermanos Pendragón y Uter recuperaron el reino que les correspondía. Y cómo el mayor de los dos, Pendragón, fue coronado rey con la esperanza de retornar a su pueblo la paz y el bienestar que había vivido en tiempos de su padre.

Pero la ambición de los malvados no parece tener límite, ya que los enemigos del país, los peligrosos sajones con quienes el difunto Vertigier había pactado, reclamaban el derecho a las tierras que les había prometido y hacían imposible la paz, atacando para conquistar el territorio con hostiles embestidas. Se produjeron sangrientas batallas, combates espantosos, choques y escaramuzas crueles, durante las que muchos hombres pagaron el alto precio de la vida para defender los derechos de su reino, en una guerra que no parecía llegar nunca a su fin.

Una guerra de consecuencias definitivas para el futuro del país, ya que provocaría que Merlín regresara a aquellas tierras que hacía unos meses había abandonado.

En efecto, recibió la llamada de auxilio que le enviaron Pendragón y su hermano Uter, que conocían su nombre y la fama que el mago había ganado cuando había visitado el reino y anunciado al detalle el fin del usurpador. Y como sabían que, además de mago, era un hombre justo y bondadoso que no se apartaba nunca de la verdad y se inclinaba siempre hacia el bien, le mandaron llamar para que les ayudara a librarse de los invasores, que no tenían ningún derecho sobre el reino pero creían tener razón.

Al ser requerido, Merlín se apresuró a acudir en auxilio de los dos hermanos,

que con noble valentía capitaneaban las tropas en defensa de lo que les pertenecía.

—Me habéis pedido que viniera —anunció al llegar a la corte de Pendragón— porque no encontráis la manera de superar al enemigo, más numeroso, feroz y bien armado...

El rey y su hermano se sorprendieron, porque no habían tenido ni tiempo de hablarle y ya lo sabía todo. Y siguieron escuchándole sin decir nada.

—Si seguís al pie de la letra la estrategia que os aconsejaré, no dudéis que la victoria será vuestra.

Y el mago, que después de haber conocido las desgracias de aquel reino tenía en mucha estima al rey Pendragón y a su hermano el príncipe Uter, les recomendó un primer gesto.

—Mira —le dijo al rey—, hazte un escudo con este símbolo del dragón blanco que ves aquí. Desde ahora, él te representará, porque ya sabes que tu nombre, Pendragón, que es bretón, significa *Caput draconis,* es decir: «Cabeza de dragón». Y esta será tu divisa.

A continuación, Merlín habló confidencialmente con Uter, para pedirle que siempre estuviera junto a su hermano el rey, de manera leal, porque suya era la responsabilidad del reino, aunque solamente fuera príncipe.

Tras aquella advertencia misteriosa, les propuso un plan para expulsar a los enemigos sajones para siempre, que consistía en una falsa retirada que había de dejar desembarcar al enemigo sin ofrecer resistencia alguna, permitiéndole avanzar tierra adentro, con toda confianza, durante un par de días, para presentarles batalla definitiva después, una vez que el ejército sajón llegara a las afueras de Salisbury.

—Pendragón y un buen número de soldados de a pie —explicaba Merlín— tendrán almacenadas armas, materiales y víveres, y saldrán a atacar al enemigo. Al mismo tiempo, las tropas de Uter, después de haberles cortado la retirada por mar, emprenderán el ataque por la retaguardia. Los sajones habrán avanzado sin obstáculos, cada vez más incautos y seguros de su paseo triunfal; además, es muy probable que la tropa tenga pocos víveres. Entonces será cuando los rodearéis por todos los flancos y el valor de vuestras tropas hará el resto.

Los dos nobles principales le escucharon un poco recelosos, porque su ímpetu juvenil de natural exaltado no comprendía el valor previsor de una retirada estratégica, pero le hicieron caso, después de que Merlín les insistiera garantizando el éxito de aquellos planes, si los ejecutaban exactamente como les había indicado. Los convenció, claro, pero evitó comentarles al detalle todo lo que sabía que había de ocurrir, ya que al final de la batalla definitiva, Merlín sabía que se produciría un episodio terrible que le llenaba de tristeza con solo pensarlo.

Siguiendo, pues, los vaticinios del mago, el ejército de Pendragón se retiró hasta un lugar muy cercano a Salisbury y allí se desencadenó una de las batallas más sangrientas y espantosas que recuerdan los siglos. Las cargas entre caballeros eran encarnizadas, los golpes, choques y embestidas entre leales e invasores llenaban el campo y los alrededores de terribles alaridos de dolor y de rabia. El viento del atardecer esparcía por todas partes el hedor de la muerte y la sangre. Hasta que la trabajada victoria se decantó del lado de los buenos y nobles caballeros. Pero el triunfo costó un precio muy alto en vidas perdidas. Y entre los sacrificados, el principal, Pendragón, el rey por derecho de herencia, que había caído en el curso del combate como los auténticos héroes, pero dejando de nuevo al país huérfano de señor y al reino abatido, con la desolada tristeza de los tronos sin rey.

La historia fijó para siempre que fue en la batalla de Salisbury, de la que Uter salió vencedor, a pesar de que, tal como Merlín había previsto y ocultado con tristeza, perdieron la vida Pendragón y no pocos de sus caballeros principales. Pero como también el mago anunció, los enemigos fueron definitivamente vencidos, expulsados algunos, muertos la mayoría.

En aquellas circunstancias, Uter, el hijo menor de Constant, se convirtió en rey. Y en el mismo campo de batalla ordenó levantar una tumba para cada uno de sus nobles caídos, con su nombre grabado en la piedra. En el centro de aquel campo sagrado mandó construir un monumento, bajo el cual sepultó los restos de su hermano. Y no puso allí ninguna inscripción, porque pensó que la belleza y magnificencia de la construcción hacían innecesario aclarar a quién se honraba con aquel mausoleo.

Pero Merlín se acercó en secreto al campo de las sepulturas cuando el nuevo rey ya se había retirado con sus hombres a descansar y pensó que el monumento dedicado a Pendragón, con ser espléndido, no le hacía justicia. Y unos segundos bastaron. Decidió usar sus poderes para trasladar desde Irlanda unas piedras grandiosas que por muchos siglos que pasen se podrán contemplar cerca de Salisbury, allí donde está el cementerio. Los megalitos de Stonehenge, es el nombre con que se los conoce desde entonces.

Y cuando al día siguiente, Uter y todos los demás vieron aquel impresionante monumento de piedras gigantes, entendieron que solamente Dios, a través de Merlín, podía haber obrado semejante prodigio.

Después, como señor victorioso, Uter marchó hacia Londres donde, con todos los nobles, vasallos y miembros de la Iglesia, fue coronado rey con gran solemnidad para gozo de todos los habitantes de Inglaterra.

Al poco tiempo, Merlín se presentó de nuevo ante el rey, que todavía sentía vivo el dolor por la pérdida de su hermano Pendragón. El mago no le confesó que él ya había adivinado aquel final triste e inmediato de la batalla, sino que le explicó el valor y el significado profundo de todo lo que había ocurrido.

–Joven rey –le dijo–, te veo abatido y lo comprendo. La muerte y el vacío que provoca duelen de verdad. Pero has de saber que todo lo que ocurre en el mundo tiene un motivo, que a veces escapa del entendimiento de los hombres. Tú y los tuyos provenís de una estirpe de valientes, de dragones, como ya sabes y os dije una vez, dueños de este reino –explicaba Merlín, para darle a entender su procedencia–. Pero los dragones, valientes y fuertes, tienen también su fin: para que alguien nazca, alguien debe morir. Por eso tú, Uter, has heredado de tu hermano el reino, para glorificarle a él y a toda la estirpe que representas.

Fue por este motivo, habiendo comprendido las palabras sabias de Merlín, por lo que el joven rey tomó desde entonces el apodo de Pendragón, en honor de su estirpe y como homenaje a su hermano muerto en la batalla. De ahí que la historia le conozca con el nombre de Uterpendragón.

Y Uterpendragón inició un reinado próspero, reconocido por la mayoría de los señores y todos sus vasallos, que durante mucho tiempo le rindieron tributo complacidos por la paz justa y feliz que les procuraba. Solamente algunos nobles, de cuando en cuando, litigaban entre ellos por conflictos menores de fronteras condales, que él acostumbraba a resolver con justicia benigna, ecuánime y honrada. Aceptado y respetado, pues, por todos, gobernaba con mano firme y autoridad indiscutida, teniendo a Merlín siempre cerca, dispuesto a escuchar sus prudentes consejos y sabios augurios, para hacer duradera la paz de Inglaterra.

[4]

Uterpendragón

Ya hacía unos años que Uterpendragón reinaba en Inglaterra, y con el paso del tiempo la vida en la corte se había relajado mucho. El mismo rey, acostumbrado al ejercicio de la caza, los torneos, placeres y distracciones que compartía con sus cortesanos, había olvidado en más de una ocasión los deberes de estado, y no siempre respondía con suficiente presteza ni eficacia a las solicitudes de algunos de sus nobles, cuando requerían su intervención en cuestiones de gobierno, que con demasiada frecuencia consideraba poco importantes.

Y viviendo en estas condiciones de cierta indolencia, recibió con sorpresa la noticia de que un súbdito suyo, el duque de Cornualles, pretendía rebelarse y romper el juramento de vasallaje, molesto y ofendido por el poco caso que Uterpendragón, su señor natural, hacía a los mensajes de protesta que le había enviado, quejándose de lo abusivo de los diezmos e impuestos que se le pedían. Los consideraba excesivos, ya que la parte de cosecha que los recaudadores de Uterpendragón le reclamaban no se correspondía con lo que él consideraba justo, y así se lo había comunicado repetidamente al rey, sin que este se dignara responderle.

Enterado Uterpendragón de los detalles del asunto al que no había concedido importancia hasta entonces, ordenó que hicieran comparecer al duque de Cornualles en la corte, para aclararlo todo, y pidió que se presentara acompañado de su esposa Igerna, que era una mujer a quien todo el reino alababa por su discreción y belleza.

Así se hizo, y después de reunirse el consejo de nobles en presencia del rey y del duque, propusieron atender las reclamaciones y firmar un nuevo pacto, sugiriendo, además, al señor de Cornualles que se quedara unos días invitado en la corte real, como muestra de amistad. Fue entonces cuando Uterpendragón se fijó en la belleza de lady Igerna y se sintió tan atraído por sus encantos que le hizo proposiciones amorosas, a las que ella, como esposa fiel a su marido, respondió con evasivas y haciendo como que no las oía.

Inmediatamente, tras rehusar y esquivar tan bien como pudo las palabras de Uterpendragón, Igerna se apresuró a explicar a su esposo la actitud y el comportamiento del rey:

—Temo que nuestra acogida en la corte y las consideraciones que nos tiene el rey sean tan solo una trampa, y que lo que en realidad pretende es deshonrarte a través de mí. Te ruego, pues, que huyamos esta misma noche y volvamos a nuestro castillo, porque no creo que Uterpendragón acepte de buena gana mi rechazo.

Y eso hicieron: huir a escondidas sin que ni el rey ni ninguno de sus consejeros se enterasen.

Por la mañana, Uterpendragón enfureció al saberlo, y acto seguido convocó a los nobles del consejo para decirles que el duque de Cornualles había traicionado su confianza y rechazado la hospitalidad real, probablemente con la intención de insubordinarse de nuevo.

Los nobles, al ver lo irritado que estaba el rey, le aconsejaron que volviera a enviar mensajeros a buscar al duque y, en caso de que no se presentara, la desobediencia del vasallo autorizaría al monarca a declararle la guerra y desposeerle de tierras y honores. Así lo hizo Uterpendragón, y como no recibió ninguna respuesta, hizo advertir al duque de Cornualles que tenía que armar su ejército, porque antes de cuarenta días, las tropas reales le atacarían.

El duque se preparó para la lucha, pero primero envió a su esposa Igerna a refugiarse en el castillo de Tintagel, que se encuentra sobre los acantilados que bordean el mar, mientras él se disponía a defender Terrabil, su fortaleza protegida por unas murallas recias y seguras, con una gran cantidad de puertas y pasadizos secretos.

Uterpendragón dispuso el asedio de Terrabil, pero mientras sus hombres intentaban inútilmente asaltarlo, la rabia y el deseo de poseer a lady Igerna crecían de manera obsesiva en su interior, y le tenían paseando dentro de la tienda real y por el campamento como una fiera enjaulada, hablando solo, refunfuñando y solamente preocupado por tomar el castillo y tener ante sí a la dama.

Hasta que uno de sus nobles caballeros, al verle en aquel estado de desasosiego, casi enfermo, le sugirió la solución al problema que le torturaba:

–Señor, mandad venir a Merlín, vuestro amigo el mago, para que encuentre un sortilegio o filtro que resuelva este terrible malestar que sentís.

Hacía unos años que Merlín había vuelto a su país, a los bosques de Northumberland, entre la frondosidad de los cuales proseguía sus misteriosos estudios y probaba el valor de sus descubrimientos secretos, que le otorgaban siempre nuevos dones especiales, añadidos a los que ya tenía desde su nacimiento, y que le hacían capaz de trastocar y alterar las cosas ordinarias en elementos nunca vistos. Con el tiempo, le había sido concedido también el poder de conocer más a fondo los oscuros caminos de la mente humana, de manera que dominaba todo lo que es desconocido e ignorado para el común de los mortales, a quienes se complacía confundiendo y sorprendiendo con los misterios y encantamientos que ejecutaba.

Uterpendragón, que hacía mucho que no veía a Merlín, a quien debía gran parte de su suerte, pensó que el consejo de su caballero era una gran idea.

–Sí, me gustaría volver a ver al gran Merlín –dijo, contento por la ocurrencia–. Ve en su busca tú mismo a sus tierras y dile que Uterpendragón le necesita.

El enviado se internó por los bosques donde habitaba el sabio y, después de unos días de búsqueda, quedó desconcertado al encontrarlo disfrazado de pordiosero, hasta que se dio a conocer.

–No es necesario que me digas qué quieres –dijo Merlín, despojándose de su disfraz–. Ve y dile a tu rey que iré a verle. Y que si me concede la recompensa que quiero le procuraré aquello que desea con tanta desazón.

Pero antes de que el mensajero llegara a la corte, Merlín, sirviéndose de sus poderes secretos, ya entraba a la tienda de Uterpendragón y le hablaba así:

–Señor, conozco cada uno de los rincones de tu corazón y de tu mente. Sé que estás dispuesto a darme lo que te pida si consigo lo que tu corazón anhela con delirio.

El rey se apresuró a jurar por los cuatro Evangelistas que cumpliría lo que le pidiera.

–Esta es mi condición –dijo Merlín–: cuando nazca el hijo que tendrás con Igerna, me lo darás para que yo me lo lleve y haga con él lo que quiera. Pero no te preocupes, que todo será por el bien de la criatura. ¿Estás de acuerdo?

–Se hará lo que tú digas –aceptó el rey que, enloquecido y viendo que estaba a punto de conseguir lo que tanto había deseado, no atendía ni a lo que estaba prometiendo.

–Entonces prepárate, porque esta noche entrarás en los aposentos de Igerna, en la fortaleza de Tintagel, junto al mar.

–¿Cómo es esto posible? –se sobresaltó Uterpendragón, con alegría.

–Con mis artes le haré creer que tú eres su marido, el duque de Cornualles. Uno de tus caballeros y yo te acompañaremos, tomando el aspecto de dos nobles de confianza del duque. Debo advertirte, sin embargo, que hables poco para que nadie te reconozca. Di a todos que estás cansado y que te retiras a dormir. A la mañana siguiente yo vendré en tu busca a los aposentos reales. Y ahora partamos, que Tintagel está a diez millas.

En el campamento del rey se produjo cierto revuelo con la preparación del engaño. Y todos aquellos movimientos fueron observados desde Terrabil e hicieron pensar al duque de Cornualles que Uterpendragón retiraba su asedio. Así, creyendo que los soldados quedaban sin general, y que sería fácil de romper el bloqueo al que habían sido sometidos, el duque ordenó un ataque nocturno que le acabó resultando fatal, ya que murió en aquel combate, justo tres horas antes de que el rey llegara a Tintagel para cumplir la argucia urdida por Merlín.

Mientras Uterpendragón, un noble caballero de su confianza y Merlín galopaban hasta la costa a través de la oscuridad de la noche que la luna solamente medio iluminaba, la niebla silenciosa cubría las tierras pantanosas, agarrada al suelo, como si fuese la gasa vaporosa que cubre a los fantasmas.

Cabalgando por aquel paisaje, las sombras de los tres jinetes parecían espectros inquietantes venidos del más allá. Y cuando estuvieron ante las puertas de Tintagel, aquel castillo que se alzaba sobre el acantilado abrupto y a merced de las olas, los centinelas saludaron con toda naturalidad, como si la conocieran, a la transformada figura del duque de Cornualles, acompañado de quien creían que eran sir Balan y sir Jordán, dos de sus lugartenientes. Y en los sombríos pasadizos íntimos del castillo, lady Igerna acogió a su esposo y le acompañó hasta la habitación, para que reposase del esfuerzo de la batalla junto a ella. Entonces fue cuando la duquesa concibió a un niño, hijo de Uterpendragón.

El sol aún no había salido, por la mañana, cuando Merlín se presentó sigilosamente junto al lecho. Uterpendragón se levantó y se despidió con un sutil beso de Igerna, que estaba durmiendo. Y los centinelas somnolientos abrieron las puertas para dejar salir al rey con dos caballeros acompañantes, que se perdieron entre la bruma de los primeros albores del día.

Más tarde, al saber Igerna que su marido había muerto en el campo de batalla la tarde anterior a cuando vino a verla al castillo por última vez, quedó muy sorprendida. Pero ahora estaba sola y lloró por su esposo muerto, sin decir nada a nadie de aquello que no llegaba a comprender.

Muerto el duque de Cornualles y acabada la guerra, Uterpendragón firmó la paz con la duquesa viuda y maniobró para conseguir que sus más fieles nobles pidieran en público y difundieran por todo el reino que la mejor manera de asegurar la paz y acabar con los conflictos era que se casasen el rey y lady Igerna. Así razonó uno de sus hombres:

—Nuestro rey es un caballero fuerte y no tiene esposa. Lady Igerna es delicada, discreta, muy bella y libre para contraer matrimonio. Sería, pues, una alegría para todo el reino que el rey aceptara convertir a la duquesa en reina.

Los gritos de alegría y entusiasmo ante la propuesta eran generales y los seguía una sonrisa complacida y astuta de Uterpendragón, que simulaba hacerse de rogar hasta que pronto aceptó casarse.

—Haces bien —le dijo Merlín a Uterpendragón—. Igerna es una mujer bella y honesta, merecedora del trono. Fíjate, si no, en el anagrama que oculta su nombre, *Igerna*, leído correctamente es *Regina,* es decir: reina.

De este modo le reveló el significado que las letras de su nombre combinaban, como una profecía. Y Uterpendragón admiró aún más la sabiduría de su protector.

Lady Igerna tenía tres hijas de su matrimonio con el duque de Cornualles, que el rey insistió en que se casaran. Y lo hicieron las dos mayores: Enna se casó con Lot, señor de Orcania, y Eliana con Nantres de Garlot. Pero Morgana, la pequeña, todavía era demasiado joven para casarse y la internaron en un convento para que la educasen. Y allí fue donde empezó a interesarse por aprender la magia y la nigromancia que la habían de convertir, con el tiempo, en una experta famosa en estas prácticas misteriosas.

Mientras, la reina Igerna estaba a punto de dar a luz. Y una noche, Uterpendragón quiso poner a prueba su fidelidad e inocencia, preguntándole quién era el padre del hijo que estaba esperando. Como la reina se asustó, su marido le dijo:

—No te preocupes. Dime toda la verdad y te amaré todavía más que antes, por tu sinceridad.

—Señor —contestó ella—, te diré la verdad, aunque no la comprendo. La noche que siguió a la tarde en que murió mi esposo en la batalla, entró en mi castillo él mismo o un hombre que yo diría que era él, con quien pasé la noche en mi habitación. Y aquella noche concebí este hijo que ahora espero. Estoy perpleja y nunca he entendido nada de aquello, señor, porque aunque yo misma vi al duque con mis ojos, no puedo explicarme cómo podía ser él, si había muerto por la tarde.

Uterpendragón quedó satisfecho al comprobar la sinceridad de la reina, y le explicó la suplantación:

—Eso que dices, Igerna, es cierto, porque fui yo quien vino a verte, después de haber tomado el aspecto y la figura del que era tu esposo, el duque, gracias a los secretos sortilegios de Merlín. Olvida, pues, tus dudas, porque yo soy el padre del hijo que tendrás.

Esta explicación tranquilizó a la reina, ya que aquel enigma la había tenido profundamente preocupada.

Y llegó el día del parto. Y tan pronto como nació el niño, Merlín, recordando la promesa de Uterpendragón, lo reclamó.

El rey engañó a lady Igerna diciéndole que la criatura había nacido muerta y lo entregó a Merlín, que se lo llevó.

El mago ya había buscado una familia que cuidara de él y lo educara: se lo dio a sir Héctor, un noble caballero fiel a la corona, cuya esposa lo crió. Merlín no les dijo de quién era hijo el niño y, guardada en secreto su procedencia, fue en busca de un sacerdote para que lo bautizara, imponiéndole el nombre de Arturo o Artús, que es como fue conocido según las diferentes regiones del que había de ser su reino.

Y Arturo creció convencido de ser hijo de sir Héctor y de tener un hermano llamado sir Keu, mientras su auténtico padre, el rey, envejecía y el reino se debilitaba con su decadencia.

Así fue como, otra vez, aparecieron las ambiciones y pugnas entre señores feudales que codiciaban la corona, a quienes se añadieron enseguida los enemigos de Inglaterra, los infieles sajones, que al saber que Uterpendragón ya no reunía los ejércitos que antes le habían servido, presentaron también batalla con la intención de apropiarse de todo lo que pudieran.

Las hostilidades, pues, eran continuas y, un día, después de una dificultosa victoria en el campo de batalla, Uterpendragón volvió a Londres tan débil que estuvo tres días y tres noches en cama sin poder moverse ni hablar. Sus caballeros, ante la inminencia de quedarse sin rey, preguntaron a Merlín qué podían hacer, y el mago sugirió que se colocaran alrededor del lecho real, dispuestos a oír sus últimas voluntades.

–Señor –le pidió Merlín, discretamente–, ¿quieres que Arturo sea rey cuando mueras?

Uterpendragón, a pesar de ignorar a quién se refería, confiaba tanto en el mago que se dirigió a sus nobles esforzándose en hablar y dijo, con un hilo de voz apenas perceptible:

–Le bendigo como sucesor de la corona y le ruego que tome mi alma.

Y dichas estas palabras inclinó la cabeza y no tardó en expirar.

El rey Uterpendragón fue sepultado con todos los honores, y su esposa, la reina Igerna, guardó luto junto a sus caballeros, mientras la tristeza invadía la corte, que además se veía amenazada por un futuro negro de guerras.

[5]

En busca de un rey

Con el trono de Inglaterra vacante, se multiplicaron las amenazas que surgían por todas partes: pueblos enemigos hostigaban las fronteras y señores ambiciosos acechaban el reino. Además, cada vez había más nobles ingleses que intentaban apoderarse de la corona.

En medio de aquel desorden, nadie estaba seguro y ninguna ley era respetada, hasta que Merlín, intentando imponer la paz y restablecer un cierto orden, aconsejó al arzobispo de Cantórbery que convocase a todos los caballeros y señores del reino en Londres el día de Navidad, ya que era el día que había nacido Nuestro Señor y quizás en aquella noche sagrada les ofrecería alguna señal que indicara cómo resolver el problema de no tener rey.

Y la noche de Navidad, en la imponente iglesia de Londres, que debía de ser la catedral de San Pablo, todos los miembros de la corte se reunieron para rezar hasta el alba. Fue entonces, al salir de la primera misa, cuando encontraron en el patio de la iglesia un gran bloque de mármol sobre el cual se alzaba un imponente yunque de acero atravesado por una hermosa espada. En el mármol, con letras de oro, se leía esta inscripción:

QUIEN SEA QUE CONSIGA SACAR

ESTA ESPADA

DE ESTA PIEDRA Y DE ESTE YUNQUE

ES REY DE INGLATERRA

POR DERECHO DE NACIMIENTO.

Tras la sorpresa general, la aparición y el mensaje que allí se leía fueron interpretados como lo único que podían ser: un designio divino. Entonces, el arzobispo ordenó que diez caballeros principales montasen guardia continuamente al lado de la espada, para controlar si alguien era capaz de arrancarla del yunque.

Muchos querían, claro está, ganarse el derecho a ceñir la corona de Uterpendragón, y por este motivo se convocó a los más destacados nobles del reino, ya que todo el mundo estaba convencido de que solamente entre aquellos distinguidos caballeros cristianos podía aparecer el elegido, y se anunció un gran torneo para el día de Año Nuevo.

Se trataba de organizar uno de los vistosos enfrentamientos en que los nobles caballeros combatían entre sí, a pie y a caballo, con armas, escudos, lanzas y espadas, para ganar honor y fama, al mismo tiempo que se mantenían en forma para la guerra, ya que todos eran hombres de brega y batalla.

A este magnífico torneo de Año Nuevo acudió gente de todas partes, algunos para participar en él y muchos para verlo. También sir Héctor y su hijo sir Keu, que hacía poco tiempo que había sido armado caballero, decidieron presentarse acompañados por su hermano de leche, el joven Arturo, que les servía de ayudante. Pero sucedió que, cuando llevaban un rato cabalgando, sir Keu se dio cuenta de que, de entre todas las armas que llevaba, había olvidado la espada, y le pidió a Arturo que volviese a casa a buscarla.

Arturo volvió a la residencia de sir Héctor, pero la encontró cerrada y vacía, ya que todos, damas y sirvientes, habían salido también hacia el torneo, de manera que le resultó imposible entrar a por la espada. Disgustado y pensando que a causa de aquel descuido su hermano no podría participar en los combates, pasó ante la iglesia, que también estaba desierta, puesto que los caballeros que custodiaban la espada del yunque también habían acudido a participar en las justas. Fue así, pues, como Arturo, con la intención de ayudar a su hermano, cogió la espada por la empuñadura y, sin esfuerzo alguno, la sacó del yunque y de la roca. Entonces, sin pensárselo dos veces, se puso en camino para alcanzar y entregar la espada a sir Keu, quien, al verla, buscó a su padre y exclamó, mostrándosela:

—¡Señor, mira esto! ¡Tengo la espada del yunque y, por tanto, soy el rey de Inglaterra!

Sir Héctor, perplejo, pero conociendo las virtudes y defectos de su hijo, ordenó a sir Keu y a Arturo que le siguieran, para volver atrás, hasta la iglesia, y allí hizo declarar bajo juramento a sir Keu de dónde había sacado la espada.

—Mi hermano Arturo me la ha traído —admitió.

—Y tú, Arturo —preguntó sir Héctor—. ¿De dónde la has sacado?

—Cuando vi que en nuestra casa no había nadie, para que Keu pudiera participar en los combates, vine aquí y la tomé...

—¿Y no había ningún centinela? ¿Alguien te vio?

—No, señor. Aquí no había nadie.

—Ahora entiendo que tú debes ser el rey de Inglaterra...

Y acto seguido recordó a sus dos hijos que la voluntad de Dios era que el hombre capaz de arrancar la espada de la roca era quien debía ceñir la corona. Hizo que Arturo volviese a clavarla en el yunque y pidió a sir Keu que intentara sacarla, lo que le resultó imposible. Después hizo que lo probara Arturo, que la tomó en su mano sin ningún esfuerzo.

Inmediatamente, sir Héctor y sir Keu se arrodillaron ante el joven Arturo, que no entendía qué ocurría, ni cómo podía ser que aquel honor le correspondiera a él. Hasta que su supuesto padre le contó que Merlín le había dejado en sus manos al poco de nacer, para que le criase, sin revelarle quiénes eran sus padres.

Fue así como Arturo supo que no era hijo de sir Héctor, pero nadie le dijo quién era su verdadero padre, cómo se llamaba su madre, ni que tenía hermanastras viviendo en otros reinos.

Tras comunicar la noticia al arzobispo de Cantórbery, se decidió dar un tiempo para que todos los nobles que lo quisieran intentasen de nuevo arrancar la espada. Y entonces, una vez más y ante toda la corte, Arturo demostró que él era el único capaz de liberarla del yunque.

La prueba se hizo varias veces; primero en febrero, el día de la fiesta de la Candelaria, después durante los días sagrados de la Semana Santa y hasta por la Pascua de Pentecostés, ya que continuamente aparecían caballeros que no podían creer que aquel jovencito lograra con tanta facilidad lo que ellos no eran capaces de obtener y, sobre todo, que él, de quien no se sabía la exacta procedencia y al que a pesar de las explicaciones dadas por sir Héctor tenían por vasallo, fuese el verdadero rey de Inglaterra. Y era que nadie de los que las oyeron, querían recordar las últimas palabras de Uterpendragón en su lecho de muerte, cuando le indicó a Merlín el nombre de Arturo.

Así pasaron los meses, sin que Inglaterra se convenciera de quién era su verdadero rey. Hasta que en la fiesta de Pentecostés del mes de junio, Arturo demostró por enésima vez que era capaz de arrancar la espada ante nobles llegados de diversos puntos del país. La multitud que seguía expectante la escena le vitoreó, al ver que la empuñaba y la blandía enérgicamente, demostrando que él era el rey. Su pueblo le aclamaba.

–¡Queremos que Arturo sea nuestro rey! –gritaban convencidos–. ¡Es la voluntad de Dios y por él nos enfrentaremos a quien se oponga al designio divino!

Diciendo aquellas palabras, nobles, siervos y vasallos de toda condición se arrodillaron pidiendo perdón a Arturo, por haber tardado tanto en aceptarle como señor. Él les perdonó, cogió la espada y se la dio al arzobispo de Cantórbery, el cual tocó al joven rey en los hombros y la cabeza, armándole caballero.

Una vez cumplido este ritual, y sin haber sido coronado oficialmente, Arturo juró ante todos que sería un rey justo hasta el último día de su vida, y a continuación organizó su gobierno, del que nombró ministro principal o senescal a su hermano, sir Keu, que fue, así, jefe de gobierno y general del ejército de Inglaterra.

En pocos años, Arturo, con una tropa poderosa y fiel a su servicio, ganó algunas batallas, hasta conquistar las tierras del norte, donde tomó Escocia y Gales, a pesar de que algunas regiones dispersas de la Gran Bretaña se resistían a aceptar su autoridad.

Y cuando, demostrado su valor, vio que dominaba una gran parte del reino, se trasladó a la ciudad galesa de Carlion para hacerse coronar monarca con una gran fiesta, a la cual invitó a todos los señores principales, con su séquito y sus sirvientes, para celebrar y dedicar a todos las victorias obtenidas, como muestra de lo que quería que fuera su reinado: largo, pacífico, unido y próspero.

Arturo estaba feliz y complacido por la gran cantidad de nobles señores y caballeros que suponía que se reunirían allí para rendirle homenaje, y mandó enviarles regalos para complacerles a medida que iban llegando a la corte. Pero se llevó una gran sorpresa, porque los nobles y los caballeros rechazaron los obsequios diciendo que no podían aceptar nada de un muchacho demasiado joven y atrevido, sin ascendencia alguna, que había usurpado la corona del reino con la ayuda de trampas y artificios inexplicables. Este fue el mensaje que comunicaron a los criados que les llevaban los obsequios del rey: que les avergonzaba que un país tan noble estuviese en manos de una criatura innoble, y que por eso se habían reunido todos allí, que habían acudido a su llamada para darle a entender claramente que los únicos obsequios que ellos traían para aquel muchacho desvergonzado eran la espada y la guerra.

Inmediatamente, siguiendo los consejos de sir Keu y de sus hombres de gobierno más próximos, Arturo se hizo fuerte en la torre del castillo, acompañado de quinientos soldados fieles. Los rebeldes la asediaron con insistente violencia pero sin éxito durante quince días, al final de los cuales apareció Merlín por la ciudad de Carlion de Gales, y los señores rebeldes, que conocían la influencia y los poderes del sabio, le preguntaron, airados, cómo era posible que aquel jovenzuelo de baja condición ocupara el trono de Inglaterra.

Entonces, Merlín, a quien le gustaba sobremanera provocar y sorprender, les respondió:

–Arturo es hijo de Uterpendragón. Y la reina Igerna, que fue esposa del duque de Cornualles, es su madre, aunque él lo ignora. Por esta razón le corresponde la corona.

–¡Así pues –exclamaron ellos–, como tú dices, Arturo es un bastardo! ¡Y un bastardo no puede llevar la corona!

–No es verdad –seguía sorprendiéndoles Merlín–. Arturo fue concebido más de tres horas después de la muerte del duque de Cornualles y solamente trece días antes de la boda de Uterpendragón con Igerna. Por lo tanto: él es el rey legítimo y sin discusión. Y os diré aún más: pese a quien pese, Arturo derrotará a todos sus enemigos y gobernará por muchos años en Inglaterra, Irlanda, Escocia y Gales, así como en otras regiones que ahora no os quiero decir.

Las palabras de Merlín causaron estupor en algunos caballeros, pero hubo otros, como el noble Lot, marido de Enna, hermanastra de Arturo, que no le creyeron y se rieron de él, acusándole de mentiroso, brujo y charlatán que intentaba dar una justificación inútil.

–¡En cualquier caso –añadió Lot, furioso–, fue concebido fuera del matrimonio, por lo que se le puede considerar bastardo!

Merlín opuso a este argumento la prueba de la espada arrancada de la piedra, pero entonces, otro caballero, Nantres, señor de Garlot, marido de Eliana, la otra hermanastra de Arturo, le atacó, diciendo:

–¿Y quién asegura que no fuiste tú, nigromante, quien urdió todo este plan del yunque y la roca con la espada clavada, para engatusar al pueblo? ¡Esta comedia ya no nos la creemos!

Un importante grupo de nobles secundó las burlas y acusaciones de Nantres, riéndose de Merlín y acusándole de mentiroso.

El mago, sin embargo, no se paró a escucharlos. Entró en la torre asediada y aconsejó a Arturo que saliera para hablar a los rebeldes, como rey que era, con decisión y autoridad. Y así lo hizo, indicándoles que tendrían que aceptarlo como rey legítimo, aunque no quisieran, porque lo era. Ellos se negaron a creerle, lo que provocó que Merlín apareciera de nuevo para advertirles:

–Más vale que hagáis caso a lo que dice Arturo, ya que aunque tuvieseis diez veces más soldados que él, os sometería igualmente.

–¡Nosotros no somos de la clase de hombres que se asustan por lo que pueda decir un embaucador lector de sueños como tú! –le respondieron.

Entonces Merlín desapareció de allí y apareció en la torre, de nuevo al lado de Arturo, para aconsejarle que atacara de inmediato y con toda ferocidad, aprovechando que los señores enemigos todavía no se habían organizado para acordar la estrategia del asalto. Y el consejo resultó un éxito, ya que consiguió una victoria rápida y que doscientos de los caballeros enemigos se pasaran a su bando.

–Vuelve a atacar de nuevo, Arturo –propuso Merlín–, pero no utilices la espada de la piedra, a no ser que te encuentres en peligro. Solo entonces podrás desenvainarla.

El rey y sus hombres cayeron de nuevo por sorpresa sobre el campamento enemigo, luchando con brutalidad, ensañándose con la tropa insurrecta. Arturo dirigía a los suyos con tal destreza y empuje, que parecía que habían de acabar con todos los enemigos enseguida. A pesar de esto, algunos rebeldes consiguieron irrumpir en la retaguardia y atacar por la espalda al ejército de Arturo, quien, en el fragor de la batalla, quedó sin montura, ya que hirieron de muerte a su caballo. Lot quiso embestirlo y, al darse cuenta, el rey desenvainó la espada milagrosa, de cuyo filo salió un resplandor tan potente que cegó a los adversarios, obligándoles a retroceder en desorden, perdiendo un gran número de hombres y cabalgaduras.

Entonces, los habitantes de Carlion, fieles al rey que amaban, se añadieron a la lucha con garrotes, piedras y toda clase de aperos, provocando una matanza mayor todavía, ya que descabalgaron con violencia a muchos caballeros, a los que mataron sin piedad en cuanto tocaron el suelo. Los que quedaban huyeron como pudieron, y Merlín apareció en el campo de batalla de manera inesperada, para indicar al joven rey que no los persiguiera, ya que sus hombres estaban fatigados, más adelante habría ocasión de derrotarlos.

Arturo celebró aquella victoria, y pasó un tiempo de tranquilidad en Carlion, hasta que Merlín le aconsejó que no olvidara que sus enemigos probablemente se estaban rearmando con nuevas alianzas y un ejército mucho más numeroso que el suyo, por lo cual era conveniente poner en marcha una nueva estrategia, que le propuso una vez que se hubo reunido el gobierno.

–Cruzando el Canal, en Francia –dijo Merlín–, viven dos aguerridos reyes que son hermanos; se trata del rey Ban de Benoic y del rey Bors de Gannes, que están enemistados con Claudás, rey de la Tierra Desierta, mucho más poderoso que los dos hermanos juntos. Si vamos a proponer ayuda a los reyes Ban y Bors para cuando la necesiten, a cambio de que ellos vengan antes a luchar a nuestro lado, probablemente podremos igualar en número al ejército enemigo, y todos, nosotros y ellos, ganaremos con el trato.

Enseguida pusieron en práctica la idea de Merlín. Partieron, el propio mago, acompañado de sir Ulfius y de sir Brastias, dos caballeros fieles, para atravesar el Canal, con la misión de entregar sendas cartas de Arturo a los dos reyes franceses, que aceptaron de inmediato la propuesta de pacto y se apresuraron a emprender viaje hacia Inglaterra.

A su llegada el día de Todos los Santos, fueron recibidos en Londres con una gran fiesta. Y después de celebrar su alianza con torneos y banquetes, se reunieron en consejo, durante el cual Arturo y toda la corte decidieron que dos de los principales caballeros franceses del séquito de los reyes Bors y Ban volvieran a su país, para proteger sus reinos, acompañados de Merlín, quien pensaba hacer un llamamiento entre los nobles franceses en representación de Arturo, para congregar un ejército que se uniera a ellos.

Con su habilidad casi maravillosa, una vez en tierras francesas, el mago consiguió reunir en poco tiempo quince mil hombres de armas, entre jinetes y peones, provistos de toda clase de armas y vituallas. Con ellos cruzó el Canal y desembarcó en Dover. Por caminos secretos, avanzando al amparo de los bosques y a través de hondonadas ocultas, llegó al valle de Bedgrayne. Allí mandó acampar a la numerosa tropa que le había seguido, mientras él iba en busca de Arturo, que se mostró muy satisfecho de su trabajo y puso en marcha a su ejército de veinte mil hombres para reunirse con los refuerzos acampados en el valle.

Mientras esto sucedía, los rebeldes del norte, todavía vivo el odio por la humillación tras la derrota sufrida en Carlion, no tardaron en preparar la venganza, tejida junto a otros cinco nobles que también habían jurado no descansar hasta haber destruido al joven rey. Y juntos avanzaban hacia el sur, en dirección al campamento de los hombres de Arturo.

Pero la vanguardia de los ejércitos del rey capturó a unos exploradores enemigos y les obligó a explicar sus planes, de modo que aquello permitió quemar los campos por donde preveían que avanzarían los ejércitos rebeldes, con el fin de dejarles sin provisiones para los hombres ni forraje para las cabalgaduras.

Y aquella noche, el que se hacía llamar Rey de los Cien Caballeros, uno de los nobles enemigos de Arturo, tuvo un sueño prodigioso, probablemente obra de las artes de Merlín, en el cual un viento espantoso arrasaba la tierra, destruyendo castillos y ciudades, acompañado de una ola gigante que no dejaba nada a su paso. Cuando se lo contó a los demás caballeros le dijeron que parecía el

presagio de una batalla grandiosa y definitiva; pero en realidad, el viento y la ola destructora eran el símbolo de lo que todos presentían sin atreverse a expresarlo: el viento nuevo que lo derribaba todo era el viento de Arturo, vencedor de la batalla definitiva, que había de arrasar y acabar con las pretensiones de todos los aspirantes a rey mezquinos y envidiosos, que eran los que provocaban las desgracias del reino desde que había muerto Uterpendragón.

Mientras, al ser consciente Arturo de que, a pesar del reclutamiento de Merlín en tierras francesas, el número de hombres a sus órdenes era inferior al de los señores del norte, sus enemigos, pidió consejo al mago, que le propuso organizar un ataque nocturno por sorpresa.

Fue, pues, entonces, cuando Bors y Ban partieron sigilosamente con un grupo de caballeros de confianza, para sorprender al enemigo somnoliento. Pero la guardia dio la alarma y los guerreros del norte se defendieron con gran coraje, provocando que los de Arturo se vieran obligados a retirarse cuando apuntaba la primera luz del alba. De nuevo en su campamento, Merlín les propuso la segunda parte del ataque que ya había previsto.

–En el bosque tenemos ocultos diez mil hombres de refresco llegados de Francia –les recordó–. Que Arturo ataque con su gente y cuando el enemigo vea que somos solamente veinte mil, contraatacará. Entonces –proponía el mago–, que Arturo dé media vuelta y se adentre en el bosque y que de inmediato salgan los emboscados por los dos flancos y la retaguardia del confiado enemigo para destrozarle.

Así lo hicieron, siguiendo la estrategia de Merlín. Y fue aquel un combate feroz, sangriento, terrible, durante el cual los caballeros de los dos bandos se enfrentaron con coraje y violencia nunca vistos. Cuando un caballero perdía el caballo, tomaba el escudo y seguía luchando a pie, hasta que otro de su bando acudía a socorrerle, ya que era orgullo y deber de todo caballero socorrer y defender a un amigo que, aunque armado, en tierra corría más peligro que a caballo. Pero la lucha no cesaba y los contendientes chocaban una y otra vez con ímpetu renovado. A menudo, dos contrincantes pugnaban con tanta violencia que eran arrancados de sus monturas y las rodillas de los caballos se doblaban hasta romperse, mientras los jinetes caían aturdidos. Y en el fragor y estrépito violento de la batalla, Arturo, repartiendo estocadas aquí y allá, revolviéndose con el caballo a un lado y a otro, luchaba con una valentía y un arrojo que sus hombres no podían más que maravillarse de su rey.

Más admirados quedaron todavía al ver lo que hizo Arturo cuando uno de sus caballeros, sir Luc, caía fuera de combate bajo su cabalgadura, mientras el senescal Keu intentaba rescatarlo sin suerte, enfrentándose a catorce enemigos. El rey acudió a socorrerlos y perpetró una verdadera matanza hasta que los tres se salvaron. Golpeó al primer caballero con tal fuerza en la visera que el filo de la espada le llegó hasta los dientes. Al segundo le seccionó el brazo con un golpe limpio a la altura del codo. A un tercero, una estocada en el hombro acertó el punto exacto donde la coraza se unía a la gorguera, con una precisión que le hizo saltar la extremidad desde la espalda. Y así fueron cayendo uno tras otro los caballeros, bajo las embestidas de Arturo, sin descanso ni tregua.

El paisaje era una confusión total en la que se amontonaban, revueltos, cuerpos mutilados, heridos que luchaban como podían, cadáveres y caballos caídos. Y el rojo de la sangre teñía el color de la tierra y las aguas del torrente que por allí discurría. El estrépito de la lucha retumbaba desde las colinas hasta el bosque: el chasquido de las espadas y los escudos chocando, el crujido sordo de los lanceros cuando se encontraban con furia, los gritos de guerra y de ánimo, mezclados con los alaridos de triunfo, los juramentos, los chillidos de las bestias agonizando y el triste lamento de los heridos. Un estruendo ensordecedor rompía el aire.

Se hubiera dicho que aquella carnicería no llegaría jamás a su fin, pero Arturo ordenó a los suyos que dejasen de luchar y, no sin dificultades, los dos reyes franceses aliados hicieron que sus hombres bordearan el riachuelo y se retirasen al bosque, donde, de inmediato, se dejaron caer sobre la hierba para dormir un poco, ya que hacía dos días que no descansaban.

Por su parte, los once señores rebeldes del norte se reunieron en el mismo ensangrentado campo de batalla, agobiados y furiosos, porque después del durísimo combate que acababan de librar, no habían perdido, pero tampoco habían ganado. Y tras valorar la situación y contar el número de bajas, decidieron retirarse.

Arturo, por su parte, lamentaba también no haber vencido a sus enemigos. Hasta que los reyes franceses le hablaron con sabia cortesía.

–No debes preocuparte ni sorprenderte, Arturo. Los señores del norte y sus aliados han actuado como corresponde a un noble guerrero. A fe que son grandes y nobles caballeros, y si fueran tus hombres, puedes estar seguro de que ningún rey del mundo podría tener un ejército parecido.

–Aun así –se apresuró a responder Arturo–, no penséis que yo los pueda querer, ya que su único propósito es destruirme. ¡Pero seré yo quien los destruya!

Y cuando, furioso y ávido de sangre, se disponía a pedir a sus aliados que retomaran el combate, apareció Merlín, a quien hacía tiempo que nadie veía, galopando sobre un gran caballo negro y gritando:

–¿Es que no piensas calmarte nunca, Arturo? ¿No te parece que ya hay bastante? De los sesenta mil hombres que empezaron esta batalla, solamente quedan quince mil con vida. Es momento de poner punto y final a esta matanza, si no quieres que Dios se enoje contigo. ¿Te parece que puedes dejarte llevar por un deseo vil de venganza?

Arturo le miraba como si no comprendiera lo que le estaba diciendo. Y Merlín continuaba reprochándole su actitud:

–¿Los rebeldes se retiran y tú propones ahora continuar la carnicería? No harás más que provocar nuevas muertes, más pérdidas, más dolor. Una de las virtudes de los buenos reyes es el dominio de sí mismos, y hacer buen uso de la piedad, que es un arma excelente en manos de los fuertes. ¡Tu odio insaciable, tu afán sangriento, no es propio de un rey! Así pues, Arturo, retírate del campo de batalla y deja que tus hombres descansen. Reparte oro y plata entre tus caballeros, que bien se lo han ganado, ya que nunca encontrarás varones capaces de tanta heroicidad ante un enemigo tan poderoso. Tus caballeros son hoy comparables a los mejores y más valientes que en el mundo han sido.

–Merlín tiene toda la razón –dijeron el rey Ban y el rey Bors.

–Y todavía te prometo –añadió el mago– que durante tres años estos enemigos no os molestarán. Estos once señores ya tienen bastante trabajo y suficientes problemas en sus tierras. Más de cuarenta mil sarracenos han desembarcado en sus costas y les asedian los castillos, arrasan sus campos, devastan, saquean, incendian y asesinan. Por lo tanto, no temas que os hostiguen más, porque estarán muy ocupados defendiendo lo que es suyo. Toma, pues, ahora, todo lo que queda de valor en el campo de batalla y dáselo a tus aliados, los reyes franceses, para que lo repartan entre sus caballeros, de manera que la noticia de estos dones y de tu generosidad llegará lejos y nadie dudará nunca en venir a combatir a tu lado cuando lo necesites, porque todo el mundo sabrá que Arturo recompensa a los que le ayudan.

–Son buenos consejos y los seguiré –aceptó Arturo, ya calmado y convencido.

Repartidos que fueron los tesoros, las armaduras, espadas, joyas y útiles de los difuntos, Merlín se despidió de Arturo y los dos reyes franceses, y emprendió viaje hasta Northumberland para encontrarse con el padre Blas, el sacerdote que se dedicaba a escribir y ordenar la crónica que narraba los hechos capitales de su país.

Merlín le explicó la gran batalla y su culminación, enumeró los títulos y hechos heroicos de cada rey y de cada caballero que había participado en el combate, y el padre Blas lo escribió todo, palabra por palabra, tal como Merlín lo refería. Allí quedó el mago unos días, relatando las batallas y proezas sucedidas en los tiempos de Arturo, para que quedasen consignadas en el libro eternamente y los hombres del futuro pudieran leerlas y recordarlas siempre.

[6]

El error y la felicidad

Después de descansar un tiempo en su país en compañía del viejo sacerdote, dejando que Arturo y los suyos organizasen libremente la corte, y para que nadie dijera que los éxitos y aciertos del rey eran el resultado de una intervención mágica o divina, Merlín volvió a Carlion, donde el rey tenía su residencia.

Llegó allí una mañana de febrero, al día siguiente de la Candelaria, disfrazado como tantas veces le gustaba aparecer. Y se presentó ante Arturo cubierto con una piel de cordero negra, vestido con un manto rústico y calzando rudas botas montañesas. Llevaba también un arco y un carcaj con flechas, y en la mano un par de ocas salvajes que parecía haber cazado. Se dirigió al rey y le habló bruscamente:

–Señor, ¿me obsequiarías con algo?

El disfraz engañó a Arturo, que respondió con aspereza:

–¿Y por qué debo obsequiarle nada a un hombre como tú?

–La decisión más sabia que podrías tomar es la de regalarme alguna cosa de valor –respondió Merlín, sonriendo oculto bajo su disfraz–. Por ejemplo, el tesoro que dejasteis oculto bajo tierra, allí donde librasteis la última batalla...

–Y a ti, necio, ¿quién te ha dicho todo eso? –preguntó el rey.

–Merlín, mi amo.

Fue entonces cuando dos de los nobles que acompañaban a Arturo se percataron del engaño y se echaron a reír.

–Señor –dijeron al rey–, te ha engañado. ¡Él es Merlín en persona!

El rey quedó atónito por no haberlo reconocido, y todos celebraron divertidos la broma del mago, que se mostraba feliz como un niño por su éxito.

–¡Cómo os han brillado los ojos, al oír hablar de un tesoro...! –se burlaba de todos, riendo, Merlín.

Y el mago se instaló en la corte, con el rey y sus caballeros, compartiendo con ellos juegos y bromas, durante un tiempo de paz que hubiesen querido eterno. Pero nada dura eternamente, y unos meses después Arturo recibió noticias de que su amigo el rey Lodegan de Carmálida era atacado por el señor de Gales del Norte, que lo asediaba en su castillo, por lo que decidió acudir en su auxilio.

Con veintemil hombres, después de una marcha de siete días, exterminó con rapidez a gran parte del ejército galés y puso en fuga a los pocos enemigos que sobrevivieron a su ataque fulminante. Liberadas, pues, las tierras de Lodegan, el señor de Carmálida quiso ofrecer grandes fiestas en su castillo, para agasajar y llenar de regalos a sus salvadores. Y fue en el banquete que se organizó en su honor, cuando Arturo vio por primera vez a la hija de Lodegan, de quien tantos elogios había oído. Era, ciertamente, muy bella; tanto, que su fama había traspasado reinos y fronteras. Entre los ingleses era conocida con el nombre de Guinevere y los galeses la llamaban Gwenhwyfar en el idioma de su país. Pero la historia la conoce con el nombre de Ginebra, que era como la llamaba Arturo, quien la amó desde aquel mismo instante y para siempre, con tal devoción, que más adelante había de convertirla en su reina.

Pero entretanto llegaron noticias de más guerras. Se habían cumplido al pie de la letra las palabras que tiempo atrás había dicho Merlín, profetizando que las tierras de los nobles del norte serían atacadas por los sarracenos, que las saqueaban, incendiaban y robaban sin que nadie lograra detenerles. «Las penas se suman a las penas», decían los once nobles enemigos de Arturo, lamentando haberse enfrentado a él, y pensando que si no se hubieran declarado enemigos del rey, ahora podrían pedir que con su ejército acudiera en su ayuda.

Pero Arturo, ignorando estas cuitas, volvió de Carmálida a Carlion, donde encontró que le esperaba Enna, la esposa de Lot de Orcania, hija del primer matrimonio de su madre Igerna y, por tanto, medio hermana suya, cosa que ambos ignoraban. Enna se dirigió al rey asegurando ser portadora de un mensaje de

parte de su esposo, uno de los rebeldes del norte, que aseguraba desear reconciliarse con Arturo, pero lo que en realidad quería era espiarlo porque desconfiaban de él, temiendo que quisiera arrebatarles el reino.

Acompañaban a Enna un séquito de damas y caballeros muy distinguidos. La señora de Orcania se presentó ante el rey ricamente vestida, bien adornada y con relucientes joyas que resaltaban su luminosa belleza. Arturo ignoraba, como se ha dicho, su parentesco con aquella dama tan hermosa y distinguida, y se sintió atraído de manera irresistible, la cortejó y la amó y, a pesar de no rebelarle ninguno de los secretos que ella deseaba saber, al cabo de un mes, cuando Enna abandonó el castillo, estaba embarazada de un hijo de Arturo, que se llamaría Mordret y que, con el paso del tiempo, llevaría una terrible desgracia al reino.

Pero finalmente pasaron los días de cortesías, galanteos y bellas damas, de torneos, homenajes y honores. Distraído durante demasiado tiempo, Arturo parecía haber olvidado que Inglaterra estaba dividida y no todos le aceptaban como rey. El ocio excesivo había llenado su corazón y su mente de una mezcla de melancolía, desidia y malestar. Posiblemente por esto el rey empezó a tener frecuentes pesadillas, y en las noches solitarias y frías se angustiaba por lo que veía y escuchaba entre las sombras, revolviéndose estremecido en sueños sin tregua que le asaltaban inflamando su imposible descanso. Veía entre las tinieblas serpientes y dragones que se apoderaban de sus tierras, calcinando cosechas, sembrando la muerte y el dolor por todas partes, hiriéndole a él mismo, mordiendo y consumiendo su cuerpo lacerado. Y como Arturo creía, con razón, que aquellos sueños habían de tener algún significado, se levantaba alterado, con las imágenes nocturnas tiñendo de niebla la luz del día.

Para distraerse de estos terrores y quimeras, una mañana reunió a unos pocos de sus caballeros para salir a cazar al bosque.

No tardó en avistar un gran ciervo. Urgió con las espuelas a su caballo y se lanzó a perseguirlo. Pero hasta la persecución se le antojaba una especie de sueño y cada vez que creía estar a punto de lanzar su jabalina a la presa, el animal se le escapaba más veloz, hasta que al final su caballo cayó rendido. Entonces Arturo ordenó al criado que le acompañaba que fuera a buscar otro caballo para continuar la cacería y se sentó a esperar en un rincón del bosque. Desde allí vio acercarse una bestia desconocida y feroz que iba a beber a un riachuelo, y que de improviso aulló, lanzando un grito escalofriante. Y en un instante, la fiera se alejó entre la espesa arboleda. Tras esa extraña visión, cansado y aturdido, el rey se adormiló.

De pronto, un guerrero bien armado llegó andando y le preguntó, sin reconocerlo:

–Caballero preocupado y soñoliento, ¿has visto pasar una extraña fiera?

–Sí –respondió Arturo–. Se ha adentrado en el bosque. ¿Te interesa ese singular animal?

–Hace un año que lo persigo –respondió el caballero–, hasta que hace poco mi caballo ha caído rendido. Ojalá encontrase otro para continuar hasta alcanzarle.

Entonces llegó el sirviente de Arturo con una nueva cabalgadura, y el caballero insistió para que se la cediese.

–¡De ninguna manera! –exclamó Arturo–. Si quieres, yo perseguiré por ti al animal durante otro año. Necesito ocuparme en algo así para sacarme de encima la melancolía y la angustia que me ahogan el corazón no sé por qué.

–¡La caza de esta fiera es cosa mía! –gritó el caballero, lanzándose por sorpresa sobre la cabalgadura y huyendo al galope hacia el bosque.

El rey le desafiaba a gritos inútilmente mientras el jinete se perdía entre la espesura.

De inmediato ordenó que fueran a buscarle otro caballo y, mientras se quedaba de nuevo solo y pensativo, se decía que aquel era un día marcado por fuerzas insondables, un día en que la realidad se deformaba como el reflejo tembloroso de una imagen sobre la superficie del agua.

Y el día continuó así, porque se le acercó un muchacho de unos catorce años a preguntarle el motivo por el que estaba tan preocupado.

–Veo y oigo cosas extrañas… –respondió Arturo.

–Sé lo que has visto –le dijo el chico– y lo que piensas. Pero es una estupidez preocuparse por las cosas en las que uno no puede intervenir. Y también sé que tú no eres quien crees ser y que por eso has cometido un error tan grave.

–¡Qué tonterías dices! ¿De dónde sacas todo eso? ¿Cómo es posible que, siendo tan joven, creas que lo sabes todo? –se extrañaba Arturo.

–Mira –le dijo el muchacho–: yo sé muchas más cosas de ti que nadie.

Tanta insolencia encolerizó a Arturo, pero el chico se alejó sin hacer ningún caso a su enfado, dejándole de nuevo hundido en su melancolía.

Al instante apareció por allí un viejo de unos ochenta años. Arturo se alegró de su presencia, porque necesitaba ayuda y creía que la voz de la experiencia y la sabiduría le ayudarían a salir de aquel mal momento.

–¿Por qué estás triste y enfadado, caballero? –le preguntó el viejo.

–Por muchas cosas que no entiendo. Ahora mismo se ha acercado un muchachito diciendo tonterías y hablándome de cosas que era imposible que supiera.

–Aun así –añadió el viejo–, debes saber que tenía toda la razón. Tienes que aprender a escuchar a los niños y a los jóvenes. Si le hubieras dejado hablar, habrías sabido que tu alma está negra y manchada porque has cometido un grave pecado y Nuestro Señor está disgustado contigo. Has tenido un hijo con tu hermanastra y, como castigo, aunque ni tú ni ella lo supierais, este hijo crecerá para destruir tu reino, a tus caballeros y hasta a ti.

–Pero… ¿qué dices, desgraciado? –se enfureció Arturo–. ¿Cómo te atreves a acusarme? Yo no tengo hermanas. ¿Quién puede saberlo mejor que yo mismo?

–No te equivoques. Yo sé mejor que tú quiénes fueron tus padres y quiénes son tus hermanas. Hace tiempo que no las veo, pero sé que están vivas.

Aquellas palabras del desconocido sorprendieron y picaron la curiosidad de Arturo que, menos colérico y más intrigado, pidió:

–Si puedes decirme algo que ignoro sobre mis parientes y eres capaz de probar tus palabras, no dudes, viejo, que te sabré recompensar con lo que me pidas.

–¿Me das tu palabra de rey, de que lo harás?

–Te lo aseguro con toda lealtad.

–Pues enseguida te daré pruebas de lo que te digo… –afirmó el extraño viejo.

–¿Me puedes adelantar, por lo menos, si soy de estirpe noble o no?

–No te preocupes por eso –le respondió–: eres de familia real.

–¿Y quién fue mi padre? –inquirió, impaciente, Arturo–. ¿Lo sabes? ¿Puedes decirme su nombre?

–¡Pues claro que lo sé! –sonreía el otro–. Se llamaba Uterpendragón, era hijo de Constant y reinaba sobre todo este país.

–¡Dios mío! –exclamó Arturo–. Si es cierto que ese era mi padre, no puede faltarme el valor. Pero, si lo que dices es verdad, ¿cómo es posible que sir Héctor y mi hermano sir Keu, el senescal de la corte, no me hayan dicho nada de todo eso?

–Es una larga historia que pronto conocerás y que ellos también ignoran.

–Pero ¿quién eres tú?

–Ahora soy Merlín el viejo, Arturo –dijo mostrándose de improviso bajo su aspecto habitual–. Pero antes he sido Merlín el joven, y he querido enseñarte que debes aprender a escuchar a todo el mundo.

–¡Eres un hombre prodigioso! –exclamó el rey–. Siempre envuelto en brumas, como los sueños. Pero dime: ¿es verdad todo lo que me has dicho?

–Tan cierto como que ahora me ves y puedes tocarme. Y no solamente yo conozco esos secretos, hay otra persona que también los sabe.

–¿De quién hablas?

Merlín no respondió. Se limitó a mover la cabeza de una manera enigmática. Pero Arturo tenía tantas preguntas que hacer, que no parecía tener paciencia para esperar respuestas.

–¿Es verdad que me matarán en una batalla, como me has insinuado antes? ¿Y por qué?

–La voluntad de Dios es que tú, como todos, recibas un castigo por tus pecados –le dijo Merlín–. Pero puedes estar contento, porque tú tendrás una muerte digna y honorable. En cambio yo sí debo entristecerme, ya que mi muerte será fea, vergonzosa y ridícula.

Una nube muy negra cruzó el cielo y el viento silbó con fuerza entre las ramas cuando el mago acabó de hablar.

–Si sabes cómo vas a morir –dijo el rey–, ¿por qué no lo evitas?

–No. Es imposible alterar algunas cosas; es como si ya hubiesen ocurrido.

–Este es, ciertamente, un día negro y turbulento –comentó Arturo.

–Es un día como tantos otros, como todos –aclaró Merlín–. Es tu alma la que está negra y turbulenta, señor.

Entonces llegaron los sirvientes con nuevas cabalgaduras, y con prisa volvieron todos a Carlion. Arturo galopaba atribulado por lo que acababa de saber de su ascendencia y, al llegar, de inmediato, interrogó a algunos de sus fieles

caballeros sobre su estirpe y procedencia. Ninguno de ellos comprendía la preocupación del rey, ya que todos estaban seguros de que era hijo de Héctor.

Merlín le observaba preguntar a todos con ánimo torturado, hasta que en presencia de toda la corte, gritó para que le oyeran:

—Ya te he dicho que tu padre era Uterpendragón, ¿por qué no me crees? —y después añadió:— Pregúntale a Igerna, tu madre.

Extrañados por aquella inesperada revelación, todos miraron al rey, que ordenó:

—Mandad que venga Igerna. Si ella lo confirma, lo creeré.

La reina se presentó enseguida. Iba acompañada de su hija menor, Morgana, una chica extraña y de singular belleza. Igerna había acudido con miedo ante el rey, porque temía que la quisiera desposeer de las tierras que su marido Uterpendragón le había dejado en herencia. Pensaba que Arturo quería unificar el reino bajo su único poder, y que quizás la odiara, creyendo que actuaba en contra del reino para entregárselo a sus hijas Enna y Eliana, que estaban casadas con señores rebeldes.

Pero Arturo las recibió en la sala de la corte, en presencia de todos sus caballeros y sirvientes, dándoles una amable y cariñosa acogida. Entonces, el noble y rudo Ulfius se levantó para dirigirse a la reina, diciendo:

—¡Sois una dama indigna! ¡Habéis traicionado al rey y a Inglaterra!

—Cuidado —le advirtió Arturo—. No lances acusaciones que no puedas probar…

—Señor, sé perfectamente lo que digo. Acuso a la reina Igerna de ser la causa y el motivo de tus tribulaciones y de las terribles guerras que ha habido en todo el reino. Si mientras Uterpendragón estaba vivo, ella hubiese admitido que era tu madre, no habríamos sufrido estas batallas sangrientas ni tantos enfrentamientos inútiles. Tú ya sabes que muchos súbditos y nobles no han estado nunca seguros de tu derecho a la corona porque desconocen tu parentesco con Uterpendragón. Pero si tu madre hubiera sido capaz de aceptar un poco de vergüenza, nadie hubiera dudado de tu sangre real y no se hubieran producido tantos desastres y muertes en nuestro país. Por eso desafío a quien se atreva a asegurar que Igerna no ha sido desleal contigo y con el reino.

Durante unos segundos, un tenso silencio se apoderó de la sala. La reina tenía la mirada baja y, lentamente, levantó los ojos y el rostro para hablar.

–Soy una mujer que está sola y no puedo luchar por mi honor. ¿Hay algún caballero capaz de defenderme? Merlín sabe muy bien qué pasó, porque fue él quien, con artificios mágicos, hizo que el rey Uterpendragón tomara el aspecto de mi esposo, que había muerto tres horas antes, para suplantarlo y hacerle entrar en mis aposentos. Aquella misma noche concebí un hijo del rey, con quien me casé trece días después. Cuando este hijo nació, Uterpendragón me dijo que la criatura había muerto. Nunca le vi, ni supe cómo era, cómo se llamaba, ni qué le había ocurrido: creí lo que me había dicho mi marido el rey, me tragué mi inmenso dolor y nunca hablé de esto con nadie. Juro que digo la verdad.

–Si la reina no miente –dijo un caballero, señalando al mago–, la culpa es de Merlín, que nos ha ocultado todo lo que sabía.

Arturo se levantó, tomó gentilmente a la reina Igerna de la mano y la puso ante Merlín para preguntarle:

–¿Es esta mujer mi madre?

–Sí, señor. Es tu madre –confirmó el mago.

Y relató todo lo que había acontecido en los días lejanos del nacimiento de Arturo. Entonces, feliz y emocionado por haber encontrado a su madre, con el corazón encendido y la vida renaciendo en su interior, Arturo abrazó con fuerza a Igerna y la besó, llorando, mientras con caricias y palabras suaves ella le consolaba, rebosante de una alegría que le curaba el dolor de tantos años de lágrimas por el hijo perdido. Recuperar a la madre y conocer a su bella hermana llenaban a Arturo de un gozo hasta entonces desconocido. El mismo que sentía Igerna, que casi perdía el sentido abrazada al chico que había echado de menos cada día de los que había vivido con aquel vacío en su corazón de madre. Y en medio de los dos, Morgana, la joven de espectacular belleza, se sorprendía al conocer que tenía un hermano, que además era el rey.

Al cabo de un rato, Arturo atemperó sus sentimientos y calmó el desasosiego de tantas emociones que le habían colmado el alma. Levantó la cabeza con los ojos iluminados por la luz de la alegría emocionada y, sonriendo, proclamó que quería celebrar el encuentro con su madre la reina y con su hermana Morgana, dedicándoles unos festejos que durarían veinte días a partir de aquel momento.

[7]

Excálibor y el barco sin rumbo

Hacía ya unas horas que en el castillo de Carlion todo era gozo y alegría con la celebración del reencuentro de madre e hijo, de hermano y hermana. Arturo, que parecía haber borrado de su mente las sombras y la pesadumbre de las profecías de Merlín, celebraba su felicidad, acompañado de Igerna y Morgana, rodeado de sus caballeros y damas, deleitándose todos con la música y las historias de los juglares, al tiempo que comían, bebían y danzaban.

Pero, inesperadamente, la música cesó, los bailarines se detuvieron, las charlas se apagaron y se produjo un tenso silencio. Acababa de entrar en el salón un criado a caballo, llevando sobre la grupa el cuerpo de un caballero muerto.

–Discretas damas y nobles señores –dijo con voz potente pero dolorida–. Vengo a la corte del rey Aturo a reclamar que se haga justicia...

Y explicó que su amo había caído luchando contra otro caballero que estaba instalado en un camino dentro del bosque, junto a una fuente, para desafiar a quien pasara por allí.

–Te suplico –añadió dirigiéndose al rey–, que después de sepultar con todos los honores a mi señor, envíes a algún caballero de los presentes a vengarlo.

Entonces se adelantó a todos un joven que se llamaba Jaufré, deseoso de ganar fama en torneos y aventuras, solicitando al rey que le armase caballero de inmediato, para poder partir a vengar al muerto.

–Es demasiado joven –le susurró Merlín a Arturo– y el Caballero de la Fuente es uno de los mejores y más fuerte. Este muchacho será probablemente un buen guerrero cuando crezca.

Pero Arturo cedió a la insistencia del chico, que partió veloz hacia el bosque, donde encontró al temible caballero, que le desafió como solía hacer con cuantos se acercaban por allí.

–Acepto tu desafío, que para eso he venido –contestó el joven Jaufré.

Fue así como los dos, en sus respectivas monturas, tomaron impulso y, ya en el primer choque, el muchacho cayó al suelo, herido, sangrando y con una astilla de lanza clavada en el costado.

–Tienes un corazón valiente –le dijo el caballero de la Fuente del Bosque, mientras le subía al caballo y le enviaba al lugar del que había venido–. Vuelve con los tuyos. Seguramente serás un buen caballero, si consigues que te curen y te recuperas de estas heridas.

La llegada del lastimado caballero causó gran revuelo en la corte. Su aspecto lamentable apesadumbró a Arturo, que se arrepentía de haber enviado a un jinete inexperto a luchar. Pero no tuvo el rey mucho tiempo para lamentarse, porque acto seguido se presentaron doce caballeros enviados por Royns, uno de los más poderosos y violentos señores del norte de Gales, reclamándole un tributo, si no quería que todo el reino y su gente fueran destruidos.

–No sé quién es ese Royns a quien decís representar –les habló Arturo con desprecio. Y añadió, colérico–: Si no fueseis mensajeros, os haría matar ahora mismo. Pero respetaré vuestra impunidad de enviados. Dad a vuestro señor esta respuesta: no pagaré nunca tributo a nadie, y aquel que se atreva a venir a reclamármelo será recibido con lanzas y espadas. ¡Id y comunicadlo así!

Los mensajeros se fueron irritados. Habían llegado en mal momento, porque el rey estaba preocupado por lo que le había ocurrido al joven Jaufré. Se sentía tan culpable de no haber escuchado los consejos de Merlín, que decidió asumir las consecuencias de su error personalmente.

Envió a un criado a las afueras del castillo, para que le esperara guardando todo su armamento, y después, para que nadie supiera a dónde iba, salió con sigilo, dispuesto a vengar él mismo al joven malherido que yacía inconsciente.

Al poco de haber entrado cabalgando en el espeso bosque, se encontró a Merlín, que le esperaba para advertirle:

–Arturo, ten cuidado. Mira que vas en dirección a una muerte más que segura y que Dios está enemistado contigo por tu error.

Sin hacerle ningún caso, pronto se encontró ante la tienda donde el llamado Caballero de la Fuente del Bosque montaba guardia y le desafió.

–¿Por qué ocupas el camino y desafías a todos los caballeros que quieren pasar? –le interrogó Arturo.

–Es mi costumbre –respondió el otro.

–Pues yo voy a hacer que la cambies –dijo Arturo.

–De ninguna manera –contestó el caballero–. Si alguien quiere hacerme cambiar, deberá obligarme con la fuerza de las armas.

Y diciendo aquello subió al caballo, tomó lanza y escudo, y al cabo de un momento los dos contrincantes ya se enfrentaban, chocando con estrépito, rompiendo cada uno la lanza del rival.

Entonces Arturo empuñó su espada, pero el otro le pidió que volviesen a luchar con las lanzas, diciéndole que si no tenía más, él le prestaría una. Y de nuevo las rompieron; y todavía chocaron un tercer par de lanzas más, pero esta vez la de Arturo se astilló, mientras que la del Caballero de la Fuente del Bosque se mantenía firme y daba con el rey en el suelo.

–Ahora que he perdido el caballo –dijo Arturo levantándose con presteza–, lucharemos a pie.

–Yo todavía tengo montura –se rió el Caballero de la Fuente del Bosque.

Furioso, Arturo se cubrió con el escudo y, blandiendo la espada, avanzó hacia el caballo del enemigo. Al verle reaccionar con tanta valentía, el otro puso pie en tierra y desenvainó la espada, dispuesto a un enfrentamiento de igual a igual.

Los aceros estuvieron golpeándose un buen rato, hasta que la espada de Arturo se partió por la mitad. Entonces retrocedió, con los brazos caídos, triste y silencioso.

–Te he vencido –dijo el caballero–. Es decir: tu vida o tu muerte dependen de mi decisión. Ríndete y admite tu derrota o disponte a morir.

–Sea bienvenida la muerte cuando tenga que venir –respondió Arturo–. Pero la derrota no será nunca bienvenida. No esperes, pues, que me rinda.

Entonces intervino Merlín, diciendo:

–Detente, caballero. Este a quien estás a punto de matar vale mucho más de lo que crees. Si le matas, abrirás una herida terrible en todo el reino.

Y cuando el mago le dijo que aquel era Arturo, el caballero, en un ataque de pánico, temiendo la ira del rey vencido, levantó de nuevo su espada con la intención de matarlo. Pero Merlín obró uno de sus hechizos: caballero y espada rodaron por el suelo, donde el hombre quedó inmóvil, vencido por un profundo sueño.

–¿Qué has hecho, Merlín? –exclamó Arturo–. ¿Has matado a este admirable luchador con tu magia? ¡Era uno de los mejores caballeros del mundo!

–No te preocupes, señor –contestó Merlín–. No está muerto ni herido. Dentro de una hora despertará. Esta mañana ya te he advertido que era un buen caballero, y si yo no hubiera venido aquí, te habría matado en un instante. No hay nadie en el mundo capaz de vencerle. En el futuro te será un buen servidor.

–¿Quién es?

–Se llama Pellinor. Y te anuncio que tendrá dos hijos, Perceval y Lamorat, que serán también grandes caballeros, como su padre.

A causa de las heridas del encarnizado combate, Arturo había quedado muy débil, por eso Merlín decidió llevarle a reposar tres días a una ermita que había cerca de allí, para que el buen ermitaño que la habitaba le curase con bálsamos y ungüentos, hasta que fuese capaz de cabalgar de nuevo.

Y cuando, una vez curado, volvía a su castillo acompañado de Merlín, el rey hablaba al mago con estas palabras amargas:

–Debes de sentirte orgulloso de servir a un rey vencido, Merlín. Un caballero desgraciado que no tiene ni espada que ceñirse, desarmado, desvalido, herido... ¿Y qué es un caballero sin espada? Nada... ¡Menos que nada!

–Hablas como un niño –dijo Merlín–, no como un rey o un caballero, sino como una criatura que se lamenta y refunfuña. Si no, sabrías que un rey vale mucho más que su corona, y un caballero, más que la espada que empuña. Te portaste como un caballero valiente al enfrentarte a Pellinor sin armas.

–Y me derrotó...

–Actuaste con nobleza –insistió Merlín–. A todos los hombres, en un lugar u otro, un día u otro, nos espera la derrota. Algunos son destruidos por la derrota y los hay que se convierten en mezquinos y ridículos por la victoria. La grandeza

vive en quien triunfa al mismo tiempo sobre la derrota y sobre la victoria. Y por cierto, cerca de aquí hay una espada que será tuya si puedo conseguírtela.

Al poco de hablar así, llegaron a la ribera de un lago de aguas cristalinas en el centro del cual sobresalía un brazo, envuelto por una manga de seda blanca con bordados preciosos, y una mano que aferraba una espada por la vaina.

Merlín la señalaba para mostrársela a Arturo, cuando vieron aparecer a una dama caminando sobre las aguas del lago. Aquel prodigio sorprendió al rey, y Merlín le explicó:

–Esta es la Dama del Lago. Y existen todavía otras maravillas que tú no puedes ver. Bajo las aguas de este lago, por ejemplo, se encuentra un palacio de los más bonitos y lujosos que puedas encontrar en parte alguna. Allí vive esta hermosa dama que no permite que nadie le vea jamás todo el rostro. Ahora vendrá aquí, se acercará a ti y, si se lo pides con elegancia y cortesía, te dará la espada que muestra la mano que se alza misteriosa en medio del lago.

La mujer, mostrando solamente una parte de su rostro, se acercó a Arturo y le saludó. Él le correspondió con gesto cortés y dijo:

–Señora, si te place, ¿serías tan amable de decirme de quién es la espada que hay allí, en medio del lago? Es que me convendría tenerla, ya que soy un caballero y no tengo espada.

Antes de responder, la Dama del Lago miró a Merlín con una leve sonrisa insinuadora que cautivó al mago. Después se dirigió a Arturo:

–La espada es mía, señor. Pero si me prometes que me concederás una gracia cuando te la pida, a ti o tu amigo Merlín, te la daré.

–Por mi honor te aseguro que tendrás lo que pidas, cuando lo pidas –se apresuró a contestar el rey.

–Entonces ve y tómala, que es tuya. Sube al bote que ves allí, rema hasta el brazo que la sostiene y coge la espada y la vaina. Ya os pediré el favor un día, cuando sea el momento.

El mago y el rey remaron por el lago hasta el brazo que emergía del agua. Allí, Arturo empuñó muy suavemente la espada y la mano se abrió para que la cogiera, junto con la vaina. Acto seguido, el brazo desapareció bajo el agua.

–Agradecemos mucho tu obsequio, bella señora –decía, reverenciándola,

Merlín–. ¿Y tiene esta espada algún nombre que la haga singular?

–Excálibor es su nombre –respondió ella–, que significa «Hecha de acero».

La dama se alejó y ellos se quedaron quietos, viéndola adentrarse en el lago, admirados del milagro y de la seductora belleza que irradiaba. Cuando la perdieron de vista, el rey y el mago emprendieron de nuevo el camino.

A lo lejos, en un rincón del bosque, Arturo vislumbró una tienda y preguntó a Merlín quién podría ser.

–¿No te acuerdas? Precisamente es sir Pellinor, el Caballero de la Fuente del Bosque, que te derrotó y te dejó malherido cuando os enfrentasteis. No tardó mucho en despertar del sueño en que le sumí, y ahora hace un rato que ha estado bregando con otro caballero que ha huido, pero él ha salido a perseguirlo.

–Ahora que tengo espada –dijo Arturo– le esperaremos, porque quiero desafiarle de nuevo y esta vez no perderé.

–No lo hagas –le aconsejó el mago–. Sir Pellinor estará fatigado cuando vuelva. Y vencer a un caballero cansado no es nada honorable. Te aconsejo que le dejes, porque, como ya te dije, con el tiempo será uno de los que te servirán más fielmente. Y sus hijos también serán hombres dignos de toda confianza. Por lo tanto, si le ves, no te enfrentes a él.

Aquellas palabras medio convencieron al rey, que miraba contento y orgulloso su nueva espada y ardía en deseos de probarla. Merlín, que conocía su obsesión, para distraerle, le preguntó, al ponerse de nuevo en marcha:

–¿Qué te gusta más, la espada o la vaina?

–¡La espada, claro está! –respondió Arturo.

–Pues debes saber –explicó el mago– que la vaina es mucho más valiosa. Mientras la ciñas no sangrarás de ninguna herida, por más profundo que sea el corte que hayas recibido. Es una vaina mágica que te conviene tener siempre a mano.

Al encontrarse cerca de la fortaleza de Carlion, Merlín obró un prodigio más. Se dio cuenta de que precisamente sir Pellinor se acercaba cabalgando y que se cruzaría con ellos. Como desconfiaba de la fogosidad tanto del caballero como del rey, obró la magia necesaria para hacer que durante un tramo fuesen todos invisibles, convencido de que si se veían, los dos hombres volverían a enfrentarse.

Llegados a casa, los caballeros del rey se admiraron de su valentía, oyendo todo lo que Merlín contaba que le había pasado, al adentrarse en el bosque sin escolta. Y se sintieron orgullosos de servir a un rey que era capaz de desafiar por honor tales peligros, como cualquier otro caballero, motivo por el cual le ofrecieron no solamente su amor y sus servicios, sino el honor de su compañerismo.

Pero Arturo no podía gozar de aquellos importantísimos presentes como hubiera querido, ya que sentía el resquemor de las palabras dichas por Merlín que no podía olvidar, acusándole de su pecado inconsciente. Y le torturaba también la amarga profecía del hijo que había de destruirlo a él y a todo lo que era suyo.

Entretanto, se presentaron de nuevo en la corte los emisarios del rey Royns, el noble del norte de Gales a quien Arturo mucho tiempo atrás había despreciado y ya no lo recordaba, para comunicarle que su señor acababa de conquistar Irlanda y las islas, y que volvía a desafiarle. Añadieron que en batallas sangrientas había vencido también a los once caballeros del norte, a los que había arrancado las barbas como trofeo y ahora las lucía cosidas a su capa como adorno. El mensaje insolente acababa diciendo que a Royns le faltaba la barba de Arturo para tener la docena completa y que vendría él con sus ejércitos a pasar a sangre y fuego sus tierras, y después se llevaría la barba del rey juntamente con su cabeza, para completar con aquel trofeo su capa triunfal.

Arturo escuchó aquellas bárbaras fanfarronadas con gesto de curiosidad y respondió a los mensajeros casi con alegría, ya que el desafío de aquel noble estúpido del norte le distraía de sus pesares íntimos y de las culpas que le atormentaban. Pero respondió a las bravuconadas de esta manera:

—Decidle a vuestro señor que mi barba es todavía demasiado corta para afeitarla. En cuanto a la rendición que me pide, llevadle la promesa de que le haré arrodillarse ante mí, para que me suplique misericordia. ¡Id a decírselo!

Cuando hubieron partido, preguntó a sus nobles si alguien conocía a aquel tal Royns. Y uno de sus caballeros le explicó que era un hombre muy salvaje, orgulloso y sin corazón, un individuo que carecía de honor pero un guerrero feroz que siempre cumplía sus amenazas.

—Cuando tenga tiempo, me ocuparé de él —dijo Arturo. Y dio la vuelta para mirar a Merlín, ganado ya de nuevo por sus preocupaciones, interrogándole—: ¿Ya ha nacido aquel niño de quien me hablaste?

–Sí, señor.

–¿Cuándo?

–El primer día de mayo, señor, el día de las fiestas de primavera.

Arturo se despidió de todos y quedó solo, perdido en sus elucubraciones tenebrosas. No podía hacer otra cosa que no fuese darle vueltas al pecado cometido inconscientemente, pero todavía estaba más asustado por la profecía de su destrucción. No entendía que un hombre pudiese ser culpable de un error involuntario que le condenara a la muerte anunciada por Merlín, que le aterrorizaba, haciéndole pasar las noches en blanco.

Tanto era así que, después de unos días buscando una solución para salvar el honor y la vida, decidió ocultar sus planes a Merlín. Y sin decirle nada mandó mensajeros a los señores y caballeros del reino, ordenando que enviasen al rey todos los hijos varones nacidos en el primer día de mayo último.

Los nobles creyeron que aquella orden era idea de Merlín y maldijeron al mago, pero obedecieron al rey, quien, como no se atrevía a matarlos con sus propias manos, colocó a las criaturas en un barquichuelo sin tripulación, orientó las velas a favor del viento y esperó hasta verle desaparecer mar adentro, con la vergüenza y la maldad en los ojos, creyendo que el viento empujaba lejos la evidencia de su destino. A continuación regresó a su castillo, solo y pensativo, ahora ya sabiéndose definitivamente culpable de un pecado consciente.

Mar adentro, sin embargo, el viento cambió y la nave a la deriva modificó su rumbo, hasta acabar chocando contra unos escollos al pie de un castillo en las tierras más apartadas del reino, dejando la triste carga a merced de las olas.

Un buen hombre que contemplaba estremecido la escena del naufragio, solamente pudo salvar a uno de los recién nacidos, que lloraba, perdido y asustado por los aullidos del viento tempestuoso y la furia del mar desatado chocando contra las rocas, en medio de las cuales, milagrosamente, un pedazo de madera aguantaba a la única criatura superviviente del desastre. El hombre se acercó a la orilla con esfuerzo, recogió al niño y, protegiéndolo como pudo, se lo llevó a su cabaña, donde su mujer le abrazó con suavidad, se lo acercó al pecho y, amorosamente, susurrándole dulces palabras, amamantó a Mordret.

[8]

Boda de Arturo y Ginebra

Los conflictos parecían haber cesado durante una larga temporada, y en la corte de Arturo se disfrutaba de una época de paz. Seguramente fue por eso, como siempre ocurre cuando el presente parece encalmado y los hombres fijan la mirada en proyectos de futuro, que entre los nobles empezó a correr una cierta inquietud por los días que vendrían y lo que ocurriría en el reino. Y todos coincidían en una misma preocupación, pensando que sería conveniente que el rey tomase esposa para dar una reina a la corte y, sobre todo, para procurar la descendencia que asegurara y afirmara el reino y la corona.

Aquella preocupación llegó a oídos de Arturo que, una tarde, se dirigió a Merlín para pedirle consejo sobre el asunto.

–Mis nobles barones –le dijo– parecen preocupados por la sucesión y la continuidad del reino, porque creen que hay que asegurar el futuro del país. La verdad es que ya hace un tiempo que pienso en una dama bella y distinguida. ¿Tú qué me aconsejas?

–Creo que, en efecto, es absolutamente conveniente que el reino tenga una reina y príncipes que consoliden la corona y las tierras. Pero debo advertirte –dijo con gesto preocupado, demostrando el alcance de sus poderes– que puede que no hayas escogido la mejor opción...

–¿Y cómo sabes en quién he pensado? –se sorprendió Arturo, que no había dicho a nadie el nombre de la mujer que tenía en la cabeza.

–Ginebra, la hija de Lodegan de Carmálida es, ciertamente, una dama noble y de belleza singular, tal como ya sabes –respondió Merlín–. Pero si no la amas muy profundamente y de verdad, yo podría buscarte alguna otra princesa con suficiente bondad y atractivos para contentarte.

–No, no quiero a otra. Amo a Ginebra desde el día que la vi en la corte de su padre, creo que ya te lo había dicho... –añadió Arturo.

–No, no me habías hablado nunca de ella, pero sé que es quien te ocupa la mente desde hace tiempo. Y los comentarios de los nobles de la corte no han hecho otra cosa que aumentar todavía más tu deseo y fijar la presencia de aquella distinguida dama en tus pensamientos.

–Vuelves a adivinarlo, Merlín... –admitió el rey–. Es a ella a quien pienso convertir en reina.

–¿Y si yo te dijera que Ginebra es una elección poco adecuada, cambiarías de idea?

–¡No! ¡Si no me caso con ella, no me casaré con nadie! –afirmó, rotundo, el enamorado Arturo.

–¿Y si yo te dijera que te hará sufrir y que hasta puede que un día su belleza llegue a producirte dolor...?

–No te creería –respondió el rey tajante.

–No, claro... –Merlín hablaba con resignación–. Todos los hombres se agarran a la ilusión de ser protagonistas de una historia única, excepcional, convencidos de que el amor anula todas las posibles sombras del futuro. Hasta yo, que sé con toda seguridad que he de acabar víctima de la pasión por una muchacha, la seguiré ofuscado hasta perderme... Así pues, tú no quieres oír mis consejos, Arturo, sino mi aceptación. Y, naturalmente, te casarás con Ginebra. Y también es cierto que gracias a su belleza recuperarás unos territorios que podrían parecer perdidos.

Arturo sonrió, probablemente creyendo que Merlín retiraba todos los posibles obstáculos que había insinuado para el futuro de la pareja real.

–Me harás pues el favor, Merlín –le pidió el rey, con la decisión ya firme–, de partir mañana mismo, acompañando al séquito que mandaré disponer de inmediato, para pedir formalmente, en mi nombre, la mano de Ginebra a Lodegan, su padre.

Y fue así como, pocos días después, cien caballeros ricamente armados, en compañía de sus escuderos, entraron en Carmálida provocando la admiración de todos los que los veían. Merlín presidía la comitiva solemne, que se presentó ante Lodegan para solicitar si quería que su hija fuera la reina de Logres, de Inglaterra y de todas las tierras de Arturo, que la quería por esposa.

Lodegan, que veía por primera vez a Merlín, respondió muy contento a esta demanda diciendo:

—¡Que Dios proteja a Arturo! ¡Yo no me hubiese atrevido nunca a pedirle tal honor! Concederé, naturalmente, a mi hija Ginebra en matrimonio y, además, dicto que él puede disponer de mis posesiones y tierras, que a partir de ahora consideraré suyas, con toda la gente que las habita, caballeros y siervos, animales y cosechas. Pero como ya sé que él es dueño de casi todo el país, para demostrarle mi gratitud le enviaré una cosa que yo estimo sobremanera: mi Mesa Redonda. Desgraciadamente no está completa; pueden sentarse en ella ciento cincuenta hombres, pero yo solamente dispongo de cien, porque perdí los cincuenta que faltan en las guerras y enfrentamientos que hemos tenido que soportar. Estos cien caballeros le servirán fielmente, ya que son de los más valientes y nobles del país. Que Arturo la complete con nobles de su corte para convertirla en el símbolo de la gloria de su reino.

—Ciertamente, señor —respondió Merlín— ponéis esta Mesa Redonda en manos del hombre adecuado. Arturo le dará una reputación que los siglos venideros han de reconocer.

Cuando los cien nobles de la corte de Carmálida supieron que pasarían al servicio del rey Arturo tuvieron gran alegría, y expresaron el orgullo de su misión y el júbilo con que la aceptaban con cantos y gritos, impacientes por no demorar su partida.

Discretamente, también Ginebra se alegró del futuro que la esperaba, y empezó a preparar el viaje recordando la última vez que había visto a Arturo, el joven rey, distinguido y apuesto, que hacía un tiempo había acudido a socorrer a su padre frente a los ataques enemigos y había contribuido de manera decisiva a conservar sus tierras.

Entretanto, Arturo, que esperaba ansioso el retorno de los emisarios que habían de traerle a Ginebra, quiso que los nuevos tiempos que se proponía inaugurar con su boda tuviesen un escenario nuevo que marcara claramente la renovación del reino. Por eso mandó trasladar la corte a la fortaleza de Camelot, que se alzaba majestuosa en el centro de prados y campos extensos, recortando en el cielo la silueta de sus torres altas y potentes. Ordenó decorar las salas luminosas con cortinajes lujosos, preparar con delicadeza los jardines exuberantes plantando toda clase de árboles y flores vistosas, y visitó, en los alrededores del castillo, los bosques de amable verdor, en los cuales la caza era abundante. Y allí, en aquel paraje único, estableció la corte de Camelot, que había de ser famosa en todo el mundo, y recordada durante muchos años, como lo más parecido al paraíso que se haya visto nunca en la tierra de los hombres mortales.

Mientras en aquel paraje perfecto el rey disponía todos los detalles para recibir a la futura reina, Merlín y su séquito permanecieron unos días en Carmálida, preparando la expedición que acompañaría a Ginebra. Y durante este tiempo, Lodegan se mostraba triste y alegre a la vez, por el honor que recibía de Arturo al acoger a su hija como reina y por el dolor de padre que le producía tener que separarse de ella.

Por eso, cuando se presentó un mensajero para indicar el camino de la nueva corte a la expedición y decidieron su marcha, después de muchos abrazos, Lodegan se despidió con lágrimas en los ojos de la impresionante comitiva que llevaba la preciosa embajada de la Mesa Redonda.

–Esta bellísima dama, a quien me rindo –dijo Arturo mostrando toda su gentileza, al salir a recibir a los recién llegados a la nueva corte–, es bienvenida y en extremo bien amada. Su presencia y su aceptación hacen de mí el hombre más afortunado del mundo. Y los cien caballeros que la acompañan con el presente de la Mesa Redonda me complacen más que cualquiera de las riquezas que conozco.

Y Arturo sonreía, satisfecho y feliz, con una alegría tan completa que se hubiera dicho que nunca habían existido aquellos días sombríos que tiempo atrás enturbiaron su alma, guiando su temor hasta el pecado de embarcar a aquellos pobres inocentes recién nacidos hacia una muerte más que segura.

Pero ahora todo parecía olvidado en un pasado oculto. Y Merlín, después de relatarle la magnífica acogida y las expresiones de amistad de Lodegan, explicó a Arturo lo que debía hacer:

—Convendrá buscar a los cincuenta mejores caballeros del reino para completar la Mesa Redonda. Si conoces a alguno fuerte y valiente, no tengas en cuenta si es rico o pobre. Y, por el contrario, si sabes de algún señor rico que no es lo bastante valiente o virtuoso, aunque quiera formar parte de ella, no le aceptes.

—Tú, Merlín —le dijo Arturo—, conoces bien a todos los caballeros de mi reino. Escoge, pues, a los que consideres más dignos para ocupar su lugar.

—Así lo haré, de manera que el día de tu boda con Ginebra ellos tomarán posesión del sitio que les corresponde. De este modo la fiesta será doble: por tus esponsales y porque la Mesa Redonda estará completa.

Inmediatamente, Arturo ordenó poner en marcha los preparativos de la boda, que quería que fuese recordada durante muchos años como un día de felicidad general. Y a esta tarea se dedicaron todos, incluso Ginebra, mientras Merlín se ocupaba de lo referente a la Mesa Redonda.

Y así fue como el mago escogió a cuarenta y ocho caballeros del reino, a los que invitaba a comparecer ante Arturo con estas palabras:

—Presentaos ante el rey diciendo que os envía Merlín para ocupar vuestro lugar en la Mesa Redonda. Allí conoceréis a vuestros compañeros, que serán verdaderos hermanos, ya que la atmósfera de paz y fraternidad que reinará entre los que estéis en aquella Mesa os unirá para siempre con un sentimiento de afecto y alegría, de hermandad indisoluble, que compartiréis, viviendo como los caballeros más admirados del mundo.

Eso le decían al rey, quien, al encontrarse de nuevo en la corte con Merlín, le preguntó por qué le enviaba cuarenta y ocho caballeros, y no cincuenta, que eran los que faltaban.

—Uno de estos asientos, al que llamaremos el Lugar Peligroso, solamente podrá ser ocupado por el caballero más puro de todos los que jamás hayan pasado por esta corte. Pero permanecerá en él poco tiempo reposando...

—¿Y por qué lo llamas Lugar Peligroso?

—Porque si lo ocupara cualquier otro que no fuera aquel al cual va destinado, se ganaría un doloroso tormento que probablemente le llevaría a la muerte. Que tenga, pues, mucho cuidado, quien pretenda ocuparlo sin ser el escogido.

–¿Y puedes decirme el nombre del escogido? –inquirió Arturo.

–No, porque de nada te serviría saberlo. Todo lo que puedo decirte es que aquel que ha de ser su padre, todavía no le ha engendrado... –respondió, misterioso y reservado, el mago.

–Así pues, no vendrá enseguida el ocupante. Quiero decir que no estará aquí para la boda –comentó Arturo.

–No, claro que no... –Merlín sonreía–. Y sé que ahora te preguntas por qué hay cosas que solamente te explico a medias, ¿verdad? Pues debes saber que es porque cada vez que eres feliz como ahora, has de ser consciente de que no lo dominas todo ni lo sabes todo, de manera que te quede claro que es necesario ser siempre humilde. Y que si has llegado a ocupar un sitio tan privilegiado en el mundo, no creas que se debe a que eres alguien superior, sino que es gracias al Creador, que te ha hecho este favor. ¡Eso debes aprenderlo bien!

–Probablemente tengas razón –admitió Arturo–. Sin embargo, todavía quedará otro asiento por ocupar, y no has escogido a ningún caballero para que se siente en él...

–El primer asiento, el tuyo –respondió Merlín–, es el asiento de un rey. Es lógico, pues, que el último, el de tu lado, sea ocupado por alguien con virtudes singulares, parecidas a las de un rey. Por alguien valiente y fuerte, capaz, y lo bastante virtuoso como para ser comparado con un rey... Pronto sabrás de quién hablo.

Después de aquella nueva respuesta misteriosa, Merlín reunió a los cuarenta y ocho caballeros con los otros cien que habían venido de Carmálida y les habló en presencia del rey:

–He aquí todos los que habéis sido escogidos para ser hermanos. Que la paz y la concordia reinen entre vosotros tal como reinaron entre los apóstoles de Jesucristo.

Y les mandó que se abrazaran unos a otros para seguir diciendo:

–El arzobispo de Cantórbery bendecirá estos asientos que ocuparéis alrededor de la Mesa Redonda. Y acto seguido, el día del juramento oficial, haréis

reverencia a Arturo, vuestro rey, que es compañero y señor en esta Mesa y que jurará también cumplir con sus deberes de protección y fidelidad para con vosotros, sus nobles vasallos.

Fue en aquel momento cuando entró en la sala donde se encontraban todos sir Pellinor, aquel caballero que había vencido a Arturo y le había dejado sin espada, y el rey comprendió las palabras que le había dicho Merlín hacía un instante, sobre el último asiento vacío, a su lado.

Pellinor se arrodilló ante Arturo y habló así:

–De ti he aprendido, ¡oh, majestad!, a ser mejor caballero, porque me has enseñado que la auténtica valentía consiste en el dominio de uno mismo, y no en la cantidad de lanzas que fui capaz de romper en la Fuente del Bosque. Por eso, si me aceptas, vengo a ponerme a tu servicio.

Arturo comprendió la lección que Merlín le había anunciado y que el caballero le transmitía, y admitió que el lugar más distinguido del reino correspondía, por nobleza y dignidad a quien, siendo capaz de vencer, acepta ser igual que todos y servir lealmente a su señor. Por eso asignó a Pellinor el asiento cuarenta y nueve.

Entonces, finalmente, cuando sir Pellinor se unió al resto de los nobles, uno a uno fueron acercándose a Arturo, para rendirle homenaje y pleitesía. El rey confirmaba las tierras del reino que correspondían a cada uno, junto al título de Caballero de la Mesa Redonda, a la par que les indicaba el lugar que debían ocupar en el círculo, ya que en cada asiento estaba escrito el nombre de quien se sentaría allí.

Y no tardó en llegar el día de la boda de Arturo y Ginebra, que se inició con el solemne juramento común de todos los caballeros de la Mesa Redonda, que iban ocupando los lugares que tenían destinados, después de comprometerse a ayudarse siempre entre ellos como hermanos y protegerse en todas las ocasiones que fuera preciso, lealmente y hasta la muerte.

El rey y la reina, los caballeros y toda la corte estaban a punto para la ceremonia de los esponsales. Se dirigieron, pues, a la catedral, con las campanas batiendo entre un torrente de alegría popular difícil de describir. Un número extraordinario de condes, duques y nobles feudales de todas las categorías asistieron a la fiesta y pudieron ver cómo Arturo, acompañado de los vítores atronadores de todos los súbditos, coronaba reina a Ginebra en la catedral de Camelot, donde la belleza luminosa de la nueva majestad destacaba convirtiéndola en la muchacha más bonita del mundo, sin ninguna duda. La solemnidad del acto llenó de emoción los corazones de todos los que asistieron a la ceremonia, que además se alegraban y enorgullecían de tener un rey y una reina jóvenes, únicos, bellos, resplandecientes, que anunciaban un futuro lleno de esperanza a la corte de Camelot.

Al concluir el suntuoso ritual empezó la fiesta de celebración, en la que cada uno ocupó su lugar, según el rango y la categoría que le correspondían en la corte. Entonces Merlín dio una orden inesperada:

–Que todo el mundo se quede quieto y en silencio allí donde está ahora, para establecer el instante en que empieza un nuevo orden, una época maravillosa durante la que veréis cosas extraordinarias.

Y todos se quedaron quietos como estatuas, llenando las salas de un silencio pleno de expectativas.

Arturo era el rey aceptado por todos y tenía a su reina, Ginebra, a su lado; existía la Mesa Redonda y cada uno de sus integrantes ocupaba el lugar que le correspondía por su coraje, su cortesía y el honor demostrados; acompañando a los reyes, Merlín vigilaba atentamente. Parecía que todos dormían, que Camelot se quedaba inmóvil, fijado para siempre, como ha quedado para los siglos futuros en la mente de todos los que anhelan una vida en paz, gobernada por la justicia y la bondad.

[9]

Fiesta en Camelot. Gawain y Pellinor

Camelot vivía con intensa animación la fiesta de la boda de su rey con Ginebra, la más bella de las reinas que todo el mundo decía haber visto nunca. La alegría llenaba salones y jardines, y un aire de felicidad animaba todos los corazones; el país se había convertido en un paraíso de gozo y fortuna tan espléndido, que su fama atravesaba fronteras y mares para llegar a oídos de los habitantes de tierras remotas, más allá de las islas, que envidiaban la dicha de aquel reino venturoso.

Ejercitándose en la cacería los señores, y en los juegos gentiles las damas, los días eran una bendición de contento que el buen tiempo acompañaba. Y por las noches, cuando el sol se ponía tras los bosques, los deleites no acababan, porque caballeros y damas se encontraban para compartir deliciosos manjares que los cocineros de palacio habían elaborado, compitiendo entre ellos con la intención de saber cuál sería el plato que dejaría memoria de aquellos días de tanta felicidad. Y al terminar la cena, la sala se llenaba de dulces melodías para acompañar las danzas que todos bailaban con apuesta cortesía. Así, las veladas transcurrían plácidamente, hasta que los acróbatas venidos de lejanas regiones, que habían acudido atraídos por la buena fama de Camelot, o bien los juglares, que estaban de paso domando sus bestias feroces y recitando sus novedades, marcaban la pausa y el final de las jornadas inolvidables que vivía la afortunada y radiante corte de Arturo y Ginebra, en unas celebraciones que ya duraban muchos días después de la boda y que parecían no tener final.

En una de aquellas amables veladas, cuando estaban a punto de servirse los primeros platos de la cena, irrumpió de manera inesperada en la sala un ciervo blanco desbocado que provocó un gran desconcierto. Cruzó saltando por entre la multitud, perseguido muy de cerca por un perro cazador que ladraba furioso. En la persecución, el perro hizo caer a un caballero, quien se apresuró a acorralarlo hasta que consiguió inmovilizarlo y llevárselo fuera, para calmar la agitación producida mientras el ciervo escapaba.

Y cuando los comensales todavía no habían podido recuperarse de aquellas sorprendentes apariciones, entró, agitada, cabalgando, una dama vestida de cazadora y con una jauría de perros. Se trataba de la Dama del Lago que, bajo el aspecto de una joven y bella cazadora, se presentaba en la corte a cobrar aquel pasado tributo al rey y a Merlín, especialmente a Merlín, que no supo reconocerla tras el aspecto que la ocultaba. La mujer se plantó en medio de la sala gritando:

–¡Mi perro! ¡Estaba a punto de alcanzar y dar caza al ciervo blanco! ¡Señor, majestad, ordenad prender a este hombre que ha robado mi perro!

–¡Yo no tengo nada que ver con eso! –exclamó Arturo–. Al fin y al cabo, has sido tú quien ha entrado aquí de cualquier manera, a caballo, sin pedir permiso, armando escándalo y molestando con tus perros.

Pero antes de que terminara de decir eso, entró un caballero al galope; sin pronunciar ni una palabra, tomó de las bridas la montura de la dama cazadora y la obligó a seguirle a la fuerza, mientras ella chillaba pidiendo auxilio.

–¡Qué descanso! –suspiró Arturo, al ver que se la llevaba–. ¡Cómo chillaba...!

Pero Merlín le advirtió, bajando la voz discretamente:

–¡Cuidado! Nada de lo que ocurra en tu casa te puede ser indiferente. Sigue las normas de la caballería y procura aclarar los conflictos que se te presenten, defendiendo a los débiles, como es costumbre entre los buenos caballeros.

–Tienes razón... –admitió el rey, levantándose para dar órdenes.

Miró a su alrededor y observó que estaba presente su sobrino Gawain, el joven hijo de su hermanastra la reina de Orcania, que había acudido a la boda para ser armado caballero, a quien había hecho el honor de incluir en la Mesa Redonda. Y pensó que aquella podía ser una buena aventura que contribuyera a la fama de un caballero todavía inexperto.

–Gawain –ordenó–, ve a buscar, donde quiera que haya ido, a ese ciervo blanco que la dama quería cazar y tráelo aquí.

El muchacho se dispuso complacido a afrontar aquella ocasión, cuando Arturo dio otra orden, esta vez dirigida a Pellinor, caballero muy experimentado y curtido, aquel con quien se había enfrentado en la Fuente del Bosque hacía un tiempo.

–Tú, Pellinor, nos devolverás a la corte a la dama cazadora y al caballero que la ha apresado.

Y añadió, dirigiéndose a los dos:

–Estas son las misiones que os encomiendo. Ojalá que al regresar nos podáis explicar aventuras emocionantes.

El más impaciente y el primero en partir fue Gawain, que se adentró en el bosque galopando. Al poco, encontró a un caballero a quien preguntó si había visto al ciervo blanco que buscaba.

–Sí, lo he visto –respondió el otro–. Pero antes de dejaros pasar para seguir vuestra persecución, deberéis medir conmigo vuestras armas.

Gawain tenía prisa y no esperó a que volviera a decírselo. Dispuso su caballo, tomó carrerilla y, empuñando su lanza, embistió al contrincante con gran facilidad, descabalgándole violentamente.

–¡Ríndete! –le conminó el joven caballero.

–No –respondió el otro–. Me has vencido a caballo, pero con la espada y a pie no podrás conmigo.

Gawain desmontó y, tomando su arma, no dio tiempo a que su contrincante diera el primer golpe: descargó con toda su fuerza la espada sobre la cabeza del oponente, de tal manera que se la abrió, desparramándose ensangrentada por el suelo.

Hacía apenas un instante que Gawain se había arrodillado al lado del difunto para rezar unas oraciones por su alma, cuando apareció de nuevo el ciervo blanco y el caballero se apresuró a salir en su busca. Cruzaron el bosque en una carrera desenfrenada, hasta llegar a una casa muy grande. El animal entró por la puerta y, después de ir tras él por los pasadizos, Gawain lo acorraló en una habitación. La bestia se defendía con peligrosas embestidas, resoplando furiosa, pero, con una maniobra astuta, el joven caballero consiguió herirla de muerte clavándole la lanza en un costado. Los últimos espasmos del ciervo coincidieron con la llegada de un caballero que se lanzó sobre el animal moribundo para abrazarlo con fuerza, lamentándose:

–¡Mi amada me pidió que te cuidara, te dejó conmigo como prenda de su amor delicado, y ahora este caballero maldito te ha matado! ¡Debo vengar tu muerte para limpiar mi desgracia!

Y enseguida se levantaba, con la espada dispuesta a partir de un tajo a Gawain, quien esquivó el inesperado ataque con un movimiento ágil, preparándose de inmediato para un nuevo enfrentamiento.

El desconocido aún no había tenido tiempo de ponerse en guardia de nuevo, cuando Gawain le sorprendió y le tumbó con un golpe certero y diestro que le dejó indefenso. Ya tenía la espada levantada, a punto para acabar con su vida, cuando apareció una dama que se interpuso entre Gawain y el caballero vencido, cubriéndolo con su cuerpo, con tan mala fortuna que cuando Gawain soltó la espada le propinó a ella un corte mortal en la garganta.

La dama cayó al suelo en medio de un charco de sangre, mientras el caballero a quien había querido proteger la abrazaba con lágrimas en los ojos, desesperado. Entonces Gawain se dio cuenta de que acababa de cometer un terrible error, ya que, sin querer, cegado por la furia, había dado muerte a una dama inocente que quería pedir clemencia para ella y para su caballero. Arrepentido y confuso, dijo a su contrincante:

–Levántate y vete. Te perdono la vida.

–¿Cómo quieres que te crea –dijo el otro–, si he visto el golpe traidor con que has matado a mi dulce y amada señora...? ¡Si quieres, ahora puedes matarme también a mí, que estoy desarmado! ¡Eres un caballero indigno, incapaz de otorgar clemencia a quien te la pide!

Aquellas palabras retumbaron en la mente de Gawain durante mucho rato, cuando ya se alejaba, avergonzado, y dejaba tras de sí al caballero con su dama en brazos. Había cargado con el ciervo, para presentárselo a Arturo, tal como le había pedido el rey, quien se extrañó al verle llegar tan triste, a pesar de haber cumplido su encargo.

–Cuéntanos qué te ha sucedido, Gawain –le pidió Arturo.

Y el joven explicó, sin ocultar ningún detalle, el motivo de su vergüenza y su arrepentimiento por el acto tan poco caballeresco que había cometido de manera totalmente involuntaria. Arturo pareció comprender, por experiencia propia, cómo se sentía el muchacho, después de haber pecado sin tener intención de hacerlo, pero no dijo nada. Fue la reina Ginebra quien habló:

–Para pagar tu ofensa a la ley de la caballería, Gawain, estarás obligado desde ahora y para siempre a otorgar clemencia a todos los caballeros a los que venzas. Recuérdalo. Pero además, y sobre todo, te impongo que defiendas y honres a cuantas damas encuentres mientras vivas, si no quieres contravenir las normas de tu rango principal y desmerecer el título de caballero que apenas has estrenado.

Gawain aceptó aquel deber con humildad y juró, sobre el libro de los Evangelios que le pusieron delante, que lo cumpliría.

Y la corte se dispuso a esperar noticias del otro caballero, Pellinor, que había partido al mismo tiempo que Gawain.

Pellinor se había internado también en la espesura del bosque, pero dirigiéndose hacia el lado opuesto a Gawain, en busca del caballero raptor de la dama cazadora, y después de cabalgar durante un buen rato, encontró en un recodo del camino, al lado de una fuente cristalina, a una mujer joven que con gesto apesadumbrado, sentada en el suelo, tenía en su regazo a un caballero malherido, a quien procuraba inútilmente reanimar con agua fresca.

–¡Por favor, señor! –gritó al ver a Pellinor–. ¡Ayudadnos! ¡Ayudad a mi caballero, por el amor de Dios!

Pero Pellinor, impaciente y obcecado en su misión de búsqueda, no quiso escucharla y espoleó a su caballo para que no se detuviera. La mujer, al ver que no le hacía ningún caso, pidió a Dios, lanzando una plegaria desesperada a los cuatro vientos, que si alguna vez aquel caballero sin alma se encontraba en una situación como aquella, tampoco nadie acudiera en su ayuda ni atendiera su solicitud de socorro.

Pellinor, a pesar de los gritos, siguió pues su camino sin querer escucharla, con aquel pecado de mal caballero cargado en su alma, hasta que oteó de lejos dos tiendas plantadas en un claro del bosque, ante las que se encontraban combatiendo dos hombres con espadas, bajo la mirada atenta de la dama que él buscaba, lo que le hizo pensar que uno de los dos era el secuestrador.

Al galope, se acercó hasta allí y se puso en medio de los dos contendientes para separarlos, diciendo:

–¿Por qué lucháis? Si lo hacéis por esta dama, deteneos.

–Caballero –repuso uno de ellos–, no puedo dejar de luchar, ya que esta mujer indefensa es una distinguida dama de mi país y debo defenderla de este desalmado que se la llevaba en contra de su voluntad.

–Me la llevaba –dijo el otro, con altivo desprecio– porque tengo derecho a ella por mi valentía y mis armas, que son mejores que las de cualquier otro.

–Eso no es cierto –respondió Pellinor, que reconoció al caballero que había entrado a caballo en las salas de Camelot–. Vos la secuestrasteis aprovechando que en las fiestas de la boda del rey Arturo no estaban permitidas las armas, abusando de la sorpresa y de que no tuvimos tiempo de buscar nuestras espadas. Pero ahora yo voy armado, y os digo que tengo orden del rey Arturo de llevar a esta dama a Camelot. Dejad, por tanto, de luchar, porque no se ha de quedar con ninguno de los dos. Ahora bien, si osáis intentar impedir que me la lleve, deberéis medir vuestra valentía contra mí.

Dicho y hecho. El secuestrador se dirigió hacia donde se encontraba Pellinor, que intentó apartar su montura de la embestida, pero el traidor, con un taimado gesto, clavó su espada en el flanco del caballo y lo mató.

–Ahora lucharás a pie, en igualdad de condiciones –decía, soltando una carcajada insolente.

–¡Eres un cobarde! –le gritaba Pellinor, desenvainando su espada–. ¡Cuida bien tu salud a partir de este momento, porque yo tengo un remedio infalible para los enfermos desgraciados asesinos de animales como tú!

Y diciendo esto soltó un corte seco, limpio y certero, de arriba abajo, que partió el casco del contrincante, abriéndole la cabeza hasta la barbilla.

La reacción del segundo caballero ante una acometida tan contundente fue pedir una tregua.

–Os ruego que os llevéis a mi bella señora Viviana, pero que en todo momento la tratéis con la dignidad que merece.

–¿Es que no pensáis luchar por ella?

–Después de lo que acabo de ver, no... Y además, si os place, podéis tomar mi caballo –y añadió–: Pero decidme vuestro nombre.

–Me llamo Pellinor, caballero de la Mesa Redonda. Y no os apuréis, que esta bella señora será respetada y honrada en todo momento.

Partieron, pues, Pellinor y la misteriosa Viviana. Cabalgaron durante muchas horas por valles, bosques y caminos en dirección a Camelot, pero al pasar por una ladera rocosa, el caballo de la dama resbaló y ella se hirió en el brazo, motivo por el cual Pellinor decidió pararse a descansar en un lugar protegido, bajo un frondoso árbol. Y allí estaban cuando, poco antes de la medianoche, Pellinor oyó ruido de cascos.

–Quien cabalga de noche, algo oculta... –comentó en voz baja.

En sigiloso silencio se acercó al camino y, protegido tras unos matorrales, entre la penumbra, recortada por el leve resplandor de la luna, vio avanzar la silueta de un caballo que parecía dirigirse a Camelot y que, al cruzarse con otro que iba en dirección contraria, se paró. Los jinetes, que debían de conocerse, se pusieron a hablar.

–¿Qué noticias traes de Camelot? –solicitó la primera sombra.

–He estado allí –respondió el otro desconocido– y nadie ha descubierto que espiaba. Ahora bien, debo decirte que Arturo ha reunido una cantidad de caballeros impresionante, que han formado una hermandad a la que llaman la Mesa Redonda, y que ya empieza a tener fama por todas partes. Voy a comunicar a mi señor que el poder de Arturo se ha vuelto muy peligroso.

–Pero dile también –habló el que se dirigía a la corte– que yo conozco el remedio para ese peligro y pienso usarlo. Tengo un brebaje que, mezclado con la bebida, acabará con Arturo. Y tenemos a un hombre infiltrado en Camelot que, por cierta suma de dinero, procurará que este veneno vaya a parar a la copa de la que beberá el rey.

–Aun así, ve con cuidado –advirtió el otro–, porque Merlín es muy astuto y tiene mil maneras de detectar estas cosas.

–Estaré atento a todo.

Los misteriosos desconocidos se separaron de nuevo al galope, y rápidamente

Pellinor y Viviana se pusieron también en marcha.

La primera luz del día empezaba a despuntar en el cielo en el momento en que pasaban por la fuente donde Pellinor había dejado llorando y maldiciendo a aquella dama con su caballero moribundo. Los dos cadáveres yacían ahora sobre la hojarasca y, medio carcomidos por las bestias salvajes, impresionaban mucho. Pellinor se estremeció al verlos.

–Yo pude haberlos salvado, pero la ofuscación por superar mi aventura hizo que no escuchara sus súplicas.

–Pero aquella no era tu misión. No estés triste –le dijo Viviana.

–Lo estoy. Me rompe el corazón ver el cuerpo sin vida de esta doncella, descompuesto, cuando pienso que podía haberla salvado, por lo menos a ella, que me lanzó una terrible maldición.

–Pues entierra al pobre caballero y llévate la cabeza de la pobre dama a la corte del rey, y que allí juzguen tu actuación.

Así lo hicieron. Encontraron a un ermitaño que enterró los huesos del caballero en tierra sagrada y Pellinor se llevó la cabeza de la doncella.

Llegaron a Camelot alrededor del mediodía, cuando las fiestas de la boda estaban todavía en su esplendor. Fueron recibidos por todos con gran alegría y de inmediato les pidieron que relataran su aventura.

–Pellinor –intervino Ginebra, tras oír su explicación–, has cumplido la misión encomendada, pero sabes bien que no has actuado correctamente al abandonar a la doncella que te pedía auxilio.

–Es cierto, señora –contestó él, compungido–, y esta terrible falta pesará sobre mi conciencia cada día de mi vida hasta el último…

Entonces, Merlín se adelantó diciendo:

–Tienes toda la razón al arrepentirte de tu irreflexiva actuación, Pellinor, porque has de saber que la maldición que te lanzó la doncella se cumplirá con toda precisión y será tu destino, ya que tu mejor amigo te abandonará cuando más le necesites, como hiciste tú. Aquel en quien más confías dejará que te alcance la muerte.

–Tus palabras me llenan de dolor y de angustia –dijo Pellinor–. Pero he de encomendarme a Dios, ya que Él puede cambiar todos los destinos. ¡Debo tener fe!

El episodio concluyó cuando la reina y el rey ordenaron que se acogiera a la joven Viviana entre los nobles, invitándola a quedarse en la corte tanto tiempo como quisiera, que era lo que la Dama del Lago, a quien nadie reconoció, había planeado.

Y después de aquel día, la Mesa Redonda se reunió en diversas ocasiones para dictar leyes y acordar normas para todos. Juraron que ninguno de los caballeros que la integraban haría uso de la violencia si no era estrictamente necesario; y que asumirían el deber de proteger a las damas y a cuantos desvalidos encontraran; que no abusarían nunca de su poder ni de nadie, y que tampoco lucharían por una causa injusta o para obtener un provecho personal.

Naturalmente, todos los caballeros de la Mesa Redonda prometieron seguir estas normas y cumplir estos pactos, y su juramento sagrado se renovaba una vez al año desde entonces, cuando se reunían todos con Arturo alrededor de la Mesa, el día de la Pascua de Pentecostés.

[10]

Merlín y Viviana

Nadie recuerda un tiempo tan plácido y feliz como el que transcurrió después de establecida la hermandad caballeresca de la Mesa Redonda, ya acabadas las bodas de Arturo y Ginebra; un tiempo que convirtió Camelot en el reino más parecido al paraíso de todos los que recuerdan las historias.

Los caballeros salían a menudo en busca de aventuras y volvían relatando heroicidades, que más tarde los juglares difundían por todas partes para aumentar la fama de la corte del buen rey. El ejercicio de las armas, las cacerías y los torneos se combinaban con los habituales juegos gentiles en los que destacaban también damas y doncellas, que dominaban a la perfección el hábito de la cortesía con el que iban imponiendo poco a poco el uso de las buenas maneras, la delicadeza y el galanteo, como forma de relación entre hombres y mujeres.

Que así fue como casi no quedó una dama ni un caballero en toda la corte que, llevados por el ambiente de deliciosa convivencia, no experimentasen las delicias del enamoramiento, que solía tejerse a través de canciones, insinuaciones festivas, conversaciones amables y compañías que llenaban el tiempo y el espíritu de aquel mundo tan especial en que se había convertido Camelot.

Hasta Merlín, al cabo de unas semanas de tratar y conocer con detenimiento la personalidad y las cualidades de Viviana, la bella dama invitada a la corte, junto a quien procuraba pasar todo el tiempo que podía, fue sintiendo crecer en su interior el fuego vertiginoso, imparable, del enamoramiento, que solamente se puede combatir con más amor, que a su vez lo hace crecer todavía más, en una espiral de pasión inacabable. Y este había de ser el triunfo definitivo de la discreta y oculta Dama del Lago.

–Veo, Merlín –le comentaba Arturo–, que te place muy especialmente la compañía de la hermosa Viviana...

–Sí –confirmaba el mago–. Has de saber, buen rey, que a su belleza hay que añadirle la curiosidad que muestra por las artes ocultas ya que, según afirma, conoce algunos secretos que le confió la Dama del Lago, con quien durante un tiempo se relacionó y a la que tú debes de recordar muy bien, del episodio de la espada Excálibor que vivimos con ella.

Viviana, por su parte, sin embargo, bajo el simulado aspecto de muchacha joven e inexperta, procuraba esquivar la insistencia devota del mago y se lo quitaba de encima como podía, porque era consciente de su poder y temía que con algún encantamiento o pase mágico descubriese su secreto, abusara de ella o desbaratara sus intenciones; cosa imposible, claro, porque Merlín estaba cada día más enamorado y no podía ni imaginar hacer nada contra la voluntad de la chica, a quien adoraba.

Pero la Dama del Lago, que ya llevaba casi cuatro meses en la corte y veía que Merlín la seguía a todas partes, solícito en exceso, manifestándose apasionado de una manera que llegaba a ser cargante y pesada, decidió plantearle una propuesta para conseguir la finalidad que la había guiado desde el principio.

–Merlín, yo te amaré si prometes enseñarme todos los secretos y hechizos que sabes, y todas las artes de poderes ocultos que dominas con mano maestra.

–Cuando quieras –respondió el mago, contento– empezaré a mostrarte todo lo que he aprendido, porque te amo, y no he amado ni amaré nunca a otra que no seas tú.

–La primera cosa que te pido –dijo ella– es que jures ahora mismo que no utilizarás conmigo ningún hechizo ni fórmula que me pueda molestar o perjudicarme.

Merlín, naturalmente, se apresuró a jurar, mostrando su entusiasmo.

Y así fue como la Dama del Lago se convirtió en especial amiga de Merlín.

Pero solamente amiga, a pesar de que él deseaba y esperaba pacientemente que ella le aceptara como amigo íntimo y único, por lo cual siempre que podía le juraba fidelidad eterna, al tiempo que la iniciaba en la práctica de la magia y los conjuros, conocimiento que la muchacha adquiría con rapidez e interés.

Pero las cosas no marchan nunca a gusto de todos, y aquel amor que Viviana había despertado en Merlín, que hacía que el mago no tuviera ojos para nadie más, encendió los celos de Morgana, la hermanastra menor de Arturo, que desde la aparición de la doncella en la corte veía que todo eran elogios y privilegios para ella, concedidos tanto por el rey y la reina como por todos los caballeros que la trataban en Camelot.

Morgana añadía a la impresión de perder prestigio en la corte, el temor de que la recién llegada y gentil Viviana adquiriese un dominio de las artes mágicas superior al que ella, ya de niña, había empezado a practicar. Y es que Morgana aspiraba a completar el conocimiento más profundo de la magia al lado de Merlín, que ahora la ignoraba absolutamente, ya que centraba toda su atención en la extranjera Viviana, a quien había entregado por completo, no solo su tiempo, sino su voluntad y todos sus sentidos.

Por todo eso, comenzó a alimentar una maldad que crecía desbocada dentro del corazón de la muchacha, en el que se agrandaba un odio oscuro de soledad amargada, reafirmado día a día con los sortilegios mágicos y la nigromancia que la bella Morgana parecía dispuesta a verter sobre los que creía que eran sus grandes enemigos.

Aquel mundo de pasiones subterráneas empezaba a tomar forma y a apuntar en el comportamiento de la hermanastra del rey, pero Viviana, con la astucia que iba adquiriendo al lado de Merlín, lo adivinaba. Por eso, cuando estuvo segura de que el mago le había revelado ya todos sus secretos y fórmulas, hasta los más importantes y peligrosos, como estaba muy cansada de aquella solicitud zalamera de un pretendiente que consideraba grotesco, decidió que ya era hora de abandonar Camelot y, así, librarse de Merlín. Pero esto último no fue posible. Lo intentó, mintiendo al mago con la excusa de que sentía nostalgia de su país y quería volver con los suyos, a los que había dejado allí, pero al querer cerrar su engaño con un gesto de atrevida y presuntuosa mala fe, dijo:

–He de volver, pues, a casa, porque hace ya demasiado tiempo que falto de allí y echo de menos mi paisaje y a mi gente –Merlín la miró sorprendido, por la mentira que intuía en aquellas palabras y por el tono de atrevida picardía con que le hablaba–. Supongo que si me amas como dices, no te parecerá mal... –y acto seguido, añadió, con arriesgada malicia–: Claro que siento dejarte aquí, pero tú no puedes abandonar a Arturo, tu señor, para acompañarme...

La insinuación final hubiera sido suficiente para que cualquier otro advirtiera que lo que quería era perderle de vista, pero el enamoramiento obsesivo de Merlín, su ceguera por la muchacha, le había anulado el entendimiento.

–¡Naturalmente que iré contigo! –exclamó el mago al instante–. Te protegeré por los caminos y me quedaré contigo en tu país tanto tiempo como quieras.

Viviana trató de disimular el enojo que se le dibujaba en el rostro ante aquella respuesta servil, pero el error ya no tenía solución. Por un lado, temía la posible ira del mago si le ordenaba que no la acompañara, pero por otro le complacía comprobar hasta qué punto le tenía rendido.

Fue así, pues, que al día siguiente por la mañana, antes del alba, Merlín anunció a Arturo su marcha con palabras misteriosas, para que el rey no pudiera interpretarlas con claridad, ya que el mago no se sentía capaz de prever su propio futuro; pero sí que tenía dominio sobre el de los demás. Por eso quiso dar instrucciones al rey sobre cómo debía afrontar los tiempos venideros.

–No sé si volveré, Arturo, pero te advierto que has de tener especial cuidado de tu espada Excálibor y, sobre todo, de la vaina. Te la quitará alguien en quien confías, porque tienes enemigos que no conoces y que están muy cerca.

El rey quedó confundido. No entendía bien lo que le decía y todavía le costaba más comprender a quién podía referirse. Tampoco le gustaba que su amigo y consejero se marchara. La decisión le contrarió, pero era consciente de que Merlín quería acompañar a la mujer que amaba, lo que convertía en esfuerzo inútil cualquier intento de hacerle quedarse, ya que Arturo sabía muy bien que el amor encarcela las voluntades, guía los comportamientos y marca los caminos de los hombres.

La expedición, en fin, pasó al continente y se adentró por las tierras de la Pequeña Bretaña, de donde procedía Viviana, la Dama del Lago. La travesía del

Canal había sido plácida y rápida. Una vez al otro lado del mar, entraron en las tierras del rey Ban de Benoic, y en el castillo de Trébes fueron recibidos por su esposa, Helena de Benoic, que les explicó que su marido se encontraba librando una encarnizada guerra con Claudás de la Tierra Desierta, un déspota que asediaba sin tregua sus posesiones.

Durante la velada, conocieron al hijo de los señores de Benoic, un niño precioso que tenía poco más de un año, a quien llamaban Lancelot, al que Viviana tomó en brazos y lo abrazó diciendo:

–¡Preciosa y graciosa criatura! ¡Si vives más de veinte años serás de una belleza extraordinaria!

Su madre, Helena, reía, así como también reían todos los asistentes y Merlín, el cual añadió a las palabras de la Dama del Lago una profecía:

–Señora, no solamente vivirá más de veinte años este chiquillo, sino que será reconocido y loado en todas partes por su atractivo y también por su valentía, que no ha habido nunca, ni lo habrá, un caballero que se le pueda comparar.

–Pues quiera Dios que yo pueda ver esta gloria que anunciáis. Y que también me sea concedido vivir para saber que este hijo mío ha liberado al país del terrible Claudás...

–Veréis algo aún mejor, señora –añadió Merlín–. Veréis a Claudás sin un palmo de tierra, vencido, huir de este país acompañado de una escolta de soldados escasa y ridícula.

–¡Que Dios os oiga y os dé la razón! –exclamó Helena de Benoic, que desconocía el nombre y los poderes del mago.

Al día siguiente abandonaron aquella bella compañía y cabalgaron una jornada entera, hasta que Merlín mandó desviar la expedición, recomendando acampar en un rincón especialmente bello y ameno, donde muchos años antes se había producido una historia que quería contar a Viviana y a todos los que les acompañaban.

–Allí podéis ver –les decía señalando el paraje con el brazo extendido– el lago donde los antiguos aseguran que vivió Diana, de quien quizá algunos de vosotros hayáis oído la historia.

Todos negaron conocerla, y entonces el mago les condujo hasta la orilla de un lago enorme y profundo, donde acamparon, muy cerca del embarcadero, al lado del cual había una tumba de mármol.

–Viviana, ¿ves esa tumba de ahí? –Merlín hablaba con el rostro demudado por una pena inexplicable que le crecía desde dentro–. Pues esta es la tumba de Fauno, el amante de Diana. Él la quería con locura, pero ella le mató. ¡Ya veis qué recompensa, para un amor puro y sincero!

–¿De verdad mató al hombre que la amaba? –preguntó la Dama del Lago.

–Es la pura verdad...

–¿Y cómo fue eso? –preguntó Viviana.

–Cuentan que Diana era una doncella que tenía una ocupación favorita: la caza. Para conseguir las piezas más apreciadas recorría todos los bosques de la Gran y la Pequeña Bretaña, y llegó a este lago, que le pareció tan agradable y con unos rincones tan adecuados para la caza, que decidió quedarse a vivir aquí. Se construyó una cabaña y cazaba feliz por los alrededores, hasta que un día se encontró con otro cazador muy apuesto, que resultó ser Fauno, el hijo de un rey, que en el mismo instante de verla se enamoró de ella.

»La pasión amorosa de Fauno era tan grande que se quedó a vivir en el bosque para poder seguir los pasos de Diana, quien, ágil y astuta, rehuía su presencia y se escondía con su proverbial habilidad para habitar y moverse por entre la espesura, haciendo de esta manera crecer todavía más el deseo de Fauno. Hasta que, al cabo de un tiempo, la doncella se rindió al pretendiente, que había abandonado la caza para seguirla, olvidando también a sus padres, a su gente y a su país, obsesionado por quedarse a vivir cerca de Diana, junto al lago.

»Durante dos años vivieron juntos, disfrutando de la libertad y del amor que Fauno profesaba a la chica. Hasta que una tarde apareció otro cazador, fuerte, apuesto y de bellas facciones, que cautivó a Diana de inmediato. El chico, que se llamaba Félix, despertó en la cazadora una pasión nueva para ella.

»Y desde aquel primer encuentro, el amor de Diana por Félix no hacía más que aumentar, hasta el punto de que deseaba cada día con más convicción abandonar a Fauno para compartir la vida con su nuevo amado.

»Sin embargo, Fauno y Félix se habían conocido y habían trabado una buena amistad, solamente enturbiada por los sentimientos secretos e inconfesables

que Félix sentía crecer dentro de sí, cada vez que Diana le hablaba o le miraba. Aunque él era consciente de que no podía traicionar su amistad hacia Fauno, y todavía menos forzar la ruptura entre su amigo y Diana, por más fuerza que tomara su inclinación y simpatía por la chica.

»Pero, cada día más, el enamoramiento obsesivo de Diana se ponía de manifiesto en mil detalles, al mismo tiempo que crecía su rechazo hacia Fauno, hasta apoderarse de sus sentimientos, hasta el punto de ser incapaz de mirar con buenos ojos a su antiguo compañero. Si la idea de abandonarlo la asustaba era porque sabía que Fauno estaba tan enamorado que podía llegar a matar a Félix, si ella le confesaba que se había enamorado y que por eso ya no quería continuar compartiendo la vida con él. Perdida en estos laberínticos pensamientos, Diana se decía que hasta sería capaz de dar la vida para marcharse con Félix, aunque no sabía cómo hacerlo.

»—Yo quisiera amarla… –se decía Félix en secreto–. Pero no podría traicionar jamás a Fauno a quien, además, temo, porque es muy fuerte.

»La desgracia, sin embargo, quiso que Diana oyese hablar de un encantador diabólico llamado Demófono, que siempre estaba dispuesto a sembrar el mal y la muerte allí donde iba. A él invocó y él fue quien facilitó su crimen.

»—Mira –decía Demófono, a escondidas, a la enloquecida cazadora–. Bajo esta losa que ves hay un agujero que he llenado de agua mágica, capaz de curar cualquier herida de quien se sumerja en él. Haz la prueba, si quieres: todos los que se bañan aquí quedan curados y recuperan las fuerzas. Tan pronto como se consiga que la persona a quien se quiere sacrificar confíe en el poder curativo de estas aguas, solamente habrá que vaciar el agujero de agua y cambiarla por la del lago, desprovista de magia y valor. Entonces, quien se sumerja aquí, en lugar de curarse, se envenenará, y su cadáver se puede hacer desaparecer, tapándolo con la misma losa que ahora oculta el agujero, sin ningún problema.

»—¿Y cómo te podré pagar este favor? –preguntaba Diana, que ya veía libre el camino para realizar su disparate.

»—No te preocupes –decía, insidioso, el nigromante, que solía cobrar en vidas y dolor humanos sus trabajos–, veremos si te funciona y después ya hablaremos…

»Dicho y hecho. Diana mostró el lugar a Fauno, que al volver de una cacería pudo comprobar que las magulladuras, las heridas y el dolor de los golpes producidos en la lucha contra los animales desaparecían inmediatamente. Y desde entonces, allí se sumergía cada día al volver de cazar.

»–¿Has visto –dijo al cabo de unos días, Diana, con malicia– el toro enorme que corre por el bosque, Fauno? Estaría bien cazarlo, ¿no crees?

»–Sí, claro –dijo él, confiado–. En todo caso, no hay que temerlo teniendo nuestra bañera milagrosa: por muy grave y profunda que sea la herida que nos pudiera provocar al atacarnos, nos la podríamos curar en un momento.

»Y presto partió a buscar a la bestia, mientras Diana vaciaba el agua del agujero y lo llenaba con agua del lago que no curaba.

»Al cabo de poco tiempo, se oyeron por todo el bosque los gritos de dolor de Fauno, herido por la bestia. Diana acudió a socorrerlo y le encontró maltrecho. Le arrastró hasta el lugar donde debía curarse y, con solo meterlo en el agua, el pobre enamorado oyó que la vida se le escapaba con rapidez hasta que expiró, sin comprender qué había pasado.

»Para ocultarlo, Diana cubrió el cuerpo con esta misma piedra de mármol que podemos ver aquí, y se apresuró a buscar a Félix, deseosa de explicarle que ya era una mujer libre para amarle, porque se había deshecho de Fauno.

»–¿Qué dices que has hecho, desgraciada? –se asustó Félix, que ignoraba la obsesión asesina de la chica–. ¡De la misma manera que has matado a Fauno porque te habías cansado de él, cualquier día podrías acabar conmigo! ¡Nadie te podrá querer nunca, mujer malvada! ¡Y menos yo!

»No acababa de decir esto, cuando Félix desenvainó la espada y cortó de un golpe certero el cuello de la cazadora, cuyo cuerpo cayó, hundiéndose en el agua de este lago, que por eso recibe su nombre: lago de Diana.

–¡Qué historia tan terrible! –se estremeció Viviana un instante–. Y aleccionadora… Pero es cierto que este lugar es especialmente bello y agradable, y me parece más que adecuado para vivir aquí una hermosa historia de amor que pueda borrar esa siniestra leyenda.

Entonces, con sinuosas artes y aviesa coquetería, rogó a Merlín que utilizase todos sus poderes para levantar allí mismo una casa en la que vivir, más que nada para complacerse comprobando que el mago seguía obedeciéndola a ciegas y para que todos vieran hasta qué punto le dominaba.

Y él cumplió al pie de la letra sus deseos, con una sombra de tristeza cubriéndole el alma, sin decir nada, con un sumiso silencio.

Allí pasaron juntos una temporada, con Viviana todavía absorbiendo sin parar todo lo que podía de la sabiduría y las habilidades de Merlín, que cada día se mostraba más ciegamente rendido a su amada, quien, por cierto, no le daba la más mínima muestra de amabilidad ni agradecimiento por todo lo que le enseñaba, sino al contrario: siempre que podía evidenciaba un distanciamiento procaz hasta el desprecio, que el mago soportaba con la paciente e inexplicable humildad de un enamorado.

Un atardecer recibieron la visita de un caballero que había visitado hacía tiempo Camelot y que les comunicó una noticia sorprendente: parecía ser que Arturo había estado a punto de morir.

–Fue en un enfrentamiento con uno de los rebeldes del norte –dijo el visitante–. Suerte tuvo de que Keu, su hermanastro y primer caballero, le librara de dos enemigos con un par de hábiles golpes de espada.

–Ya lo sabía… –dijo, lacónico, Merlín.

–¿Y tú crees –se apresuró a reprocharle Viviana– que está bien que dejaras Camelot, sabiendo que ocurriría eso? Deberías estar a su lado si, como parece, las cosas van mal en la corte.

–Mira –respondió Merlín–, yo no volveré nunca a la Gran Bretaña por dos razones. Una, porque te amo tanto, Viviana, que no sabría estar lejos de ti. La otra es que mi poder adivinador me dice que si voy allí me matarán, envenenándome o de cualquier otra manera.

–¿Y tú que eres tan sabio, no te puedes proteger? –se extrañaba Viviana–. ¿Qué clase de ciencia practicas? ¿Qué conocimientos tienes del futuro?

–Conozco y domino el futuro de todos, menos el de mi vida y el de mi muerte –confesó Merlín–. Todo lo que se refiere a mí, lo ignoro, porque mi alma ya no me pertenece: soy prisionero de otras voluntades, a causa del hechizo íntimo que no me deja ser dueño de mí mismo.

Aquellas palabras despertaron los auténticos sentimientos de Viviana, que sonrió al descubrir que Merlín ya no podía conocer sus anhelos secretos e inconfesables: su aprendizaje de la magia había sido tan perfecto, que el mago ignoraba hasta qué punto ella deseaba librarse de él.

Poco tiempo después, un día que Merlín estaba sentado en la mesa al lado de Viviana, la doncella le sorprendió con un grito inesperado:

—¡Ay, amigo! ¡Si tienes alguna estima por Arturo, has de saber lo que se trama contra él! Su hermanastra Morgana, en quien confía ciegamente, le ha escondido su fiel, su magnífica espada Excálibor, con su vaina, y la ha cambiado por una idéntica que no tiene poder alguno. Las cosas son, querido Merlín, tal como tú advertiste. Pero lo peor es que Arturo tiene que batirse pronto con un peligroso caballero y, como ya sabes, sin su espada y su vaina no podrá vencerle. ¡Deberíamos ir a socorrerle!

Merlín se alarmó y la creyó, sin pensar en su temor de volver a la Gran Bretaña, donde había intuido que su vida corría peligro. Pero al ver que Viviana hablaba de emprender el viaje juntos, olvidó sus temores y dijo:

—Mi mayor deseo sería, Viviana, volver contigo a la Gran Bretaña, pero me inquieta la posibilidad de encontrar allí la muerte a traición.

—No tengas ningún miedo, que yo velaré por ti —dijo, falsamente, Viviana—, que eres el hombre a quien amo y al que debo todo lo que sé.

—Doncella mía, ¿de verdad quieres que vaya contigo a la Gran Bretaña?

—Te lo ruego.

—Pero decías que echabas en falta tu tierra y a tu gente… —objetaba Merlín—. Y no hemos tenido tiempo de llegar donde naciste…

—La Pequeña Bretaña es mi tierra, ya he pisado su suelo y hemos pasado tiempo en estos parajes bellísimos —simulaba sacrificarse Viviana—. No puedo pedir más. Sabiendo que tu rey te necesita, ¡no podemos dejar de acudir en su ayuda!

Merlín se admiraba, creyendo ver en las palabras de la doncella una muestra de gran amor, hasta entonces oculto. Por eso concluyó:

—Pues iremos, ya que es tu voluntad, aunque no sé si hago bien…

Entonces la Dama del Lago organizó la expedición, haciéndose acompañar de un grupo de fieles caballeros amigos que conocían muy bien hasta qué punto

Viviana detestaba a Merlín. Partieron hacia la costa y allí esperaron que el viento les fuera propicio para embarcar de retorno al reino de Arturo.

La navegación fue tranquila, porque el mar favoreció la ruta de la nave. Durante el viaje, Merlín disimulaba su inquietud y Viviana no dejaba de maquinar planes para resolver una situación que ya hacía demasiado tiempo que le resultaba enojosa. Hasta que al desembarcar en la isla ya tenía perfilada una estrategia que no tardó en poner en marcha.

–Cae la noche –dijo, cuando la comitiva dejaba atrás la costa–, estos acantilados son peligrosos y por el horizonte parece que amenaza tempestad. Convendría que tú, Merlín, que lo puedes todo y conoces tan bien el país, nos procures una cueva lo bastante confortable para descansar, por lo menos tú y yo, hasta que mañana, con la luz del día y el tiempo sereno, podamos emprender de nuevo el viaje hacia Camelot.

–Como tú digas... –obedeció el mago, que ya había perdido por completo su voluntad, pero creyó deducir de sus palabras que podría pasar la noche con ella. Y se puso a caminar siguiendo el sendero, en busca de una cueva.

Viviana le acompañaba, después de haber hecho una discreta señal de complicidad a los caballeros amigos, para que no la siguieran y poder estar a solas con Merlín.

–Adelantémonos tú y yo... –siguió tejiendo su hilo de traición, Viviana, caminando detrás del mago– para estar solos en el refugio que busques...

Aquella insinuación confirmó y avivó la excitación de Merlín, que quiso creer que finalmente su amada accedía al deseo amoroso que durante tanto tiempo le había suplicado y que aceptaba compartir con él la soledad íntima de la noche. Y ella en la penumbra seguía hablándole:

–Recuerdo que hace tiempo me enseñaste algunos de los sortilegios más importantes, entre los cuales destacaba el Hechizo Fatal, que no se puede deshacer con ninguna fórmula ni antídoto. ¿Te acuerdas, Merlín, de aquel Hechizo Fatal?

–Hace ya tanto tiempo... No sé si sabría repetirlo –negaba Merlín, moviendo la cabeza; ¡no pensaba precisamente en la magia en aquellos momentos!–. Suerte que tú, que eres joven, debes de recordarlo para que no se pierda, ¿verdad, Viviana?

–Sí… –respondió ella; y se apresuró a cambiar de tema, porque ya se había asegurado de lo que le interesaba–. ¿Hay alguna cueva por aquí?

–Mira, ¿te parece bien esta para pasar la noche?

Merlín mostraba una gruta que se abría entre las rocas, medio oculta tras los árboles.

–No he traído nada para abrigarme y el frío de la noche va en aumento –se excusó Viviana–. Ahora que ya sé dónde es, mientras yo vuelvo con los caballeros a buscar una manta que tengo en mi caballo, tú puedes entrar y, con tu magia, preparar el interior de la cueva para que podamos acomodarnos bien…

Por un instante, la sonrisa de la Dama del Lago hizo que acudiera a la mente del mago la imagen fugitiva de una mujer bellísima, medio cubierta por un velo, a la orilla del lago, mostrando la espada Excálibor. Pero fue tan solo un espejismo que duró apenas un segundo, ya que Merlín quería creer que el corazón de su amada Viviana se ablandaba y estaba a punto de rendirse, cuando la dolorosa verdad era que la mujer sonreía porque estaba convencida de encontrarse a un paso de cumplir su perverso propósito.

Y, efectivamente, oculta tras la arboleda, observó cómo Merlín encendía una antorcha y se adentraba en la gruta, como una sombra que se dirige al reino de la muerte. Porque cuando hacía unos instantes que le había perdido de vista, la nigromántica Dama ejecutó el sortilegio asesino, haciendo retumbar en la oscuridad de la noche las palabras ininteligibles del Hechizo Final. Al instante, las rocas que rodeaban la cueva se removieron y rodaron por la montaña, hasta cerrar definitivamente el paso y enterrar una buena parte de los árboles que lo cubrían, cambiando el paisaje de manera que nadie pudiera saber nunca que allí había existido la enorme gruta que la tierra acababa de tragarse.

Merlín quedó atrapado allí para siempre. Su voz se perdía en el interior de la cueva, pero desde el exterior era completamente inaudible. Y en aquel momento entendió hasta dónde le había llevado su tenebrosa obsesión por Viviana, a quien había entregado vida, secretos y voluntad.

–He sido prisionero del Hechizo Fatal –admitía Merlín en su tumba–. La magia definitiva del amor ciego, inconsciente, loco, a quien todo se rinde, me ha convertido en esclavo eternamente condenado. Y nada ni nadie puede ser capaz de liberarse del poder de esta magia.

Pero ya era tarde para arrepentirse. Entonces Viviana ya cabalgaba maliciosamente libre y pérfidamente feliz, huyendo de aquel paraje traidor, acompañada de sus fieles caballeros servidores.

Y Merlín, quizá ignorando eternamente la auténtica personalidad de la que le había conducido hasta aquel final, quedó prisionero para siempre en la cueva oculta, donde todavía debe de estar hoy, tal como él mismo había profetizado mucho tiempo antes.

[11]

La maldad de Morgana

Pasaban los años y Arturo echaba cada vez más en falta a su amigo y protector Merlín, de quien nadie sabía darle noticia. Tanto le añoraba, que puede decirse que cada día de su vida recordaba con dolor las palabras del mago cuando, al partir para acompañar a Viviana, le dijo que no sabía si volverían a verse alguna vez.

Y como si hubiesen adivinado la posible debilidad del rey al encontrarse sin la asistencia de Merlín, los enemigos de la Gran Bretaña rompieron la larga temporada de paz que había vivido Camelot con una serie de ataques e incursiones. Ante aquella situación, Arturo pidió a su fiel Pellinor que convocase a los nobles del reino para dirigirse al norte y enfrentarse a los invasores que venían de Dinamarca e Irlanda, dirigidos por cinco de los reyes de aquellas tierras.

Arturo lamentaba romper la paz en que vivía la gente de su reino, pero, en cambio, los barones que iba reclutando Pellinor se mostraban contentos de poder entrar en batalla, ya que después de tanto tiempo de ocio hervían en interés por mostrar su bravura de combatientes y estaban impacientes por ponerse a prueba.

La expedición se preparó con rapidez, y cuando todos estaban a punto de partir hacia la guerra, Arturo fue a ver a Ginebra, su reina, para pedirle que le acompañara.

–Se me hace aún más difícil marchar a la batalla cuando pienso que pasaré tiempo sin ti –le dijo abrazándola–. Si vinieras conmigo me sentiría más fuerte y valiente para entrar en la contienda, pero tampoco quisiera poner en peligro tu vida...

–Soy tu esposa y ya sabes que haré lo que creas más conveniente para ti y para nuestro reino –contestó Ginebra.

Así fue, pues, como partieron el rey y la reina hacia el norte, dirigiendo un gran ejército de caballeros y tropa, con la intención de reclutar a más gente por el camino. Entonces, los espías de los señores de Dinamarca e Irlanda se apresuraron a alertar a los suyos:

–Arturo tiene un ejército de buenos y valientes caballeros, bien preparados para la lucha. Urge atacarle, lanzarse contra ellos lo más pronto posible, antes de que consigan hacerse más fuertes y numerosos –aconsejaron a los reyes invasores–. Salgamos a su encuentro mientras está desprevenido y todavía no ha llegado a nuestros campamentos, ni ha trazado planes para atacarnos.

Y al cabo de poco, daneses e irlandeses les cayeron encima en plena noche, mientras Arturo y los suyos dormían, sorprendiéndolos en sus tiendas. Por suerte, el rey oyó el ruido de la incursión enemiga y pudo despertar a la reina y a sus hombres:

–¡Traición! ¡A las armas!

En plena agitación, uno de los caballeros aconsejó que el rey y la reina se protegiesen en lugar seguro, ya que estaban perdiendo terreno y hombres. Así, Arturo, acompañado de Ginebra y Keu, su hermano de leche y senescal, y tres caballeros más, determinaron cruzar el río, esperando que el curso de la batalla girase a su favor.

La lucha se prolongó hasta las primeras luces de la mañana, con una crueldad pocas veces vista, en medio de la cual los hombres de Arturo, capitaneados por sir Pellinor, Gawain y otros nobles de confianza, consiguieron vencer y provocar la retirada de los invasores. El éxito fue posible porque tuvieron especial cuidado en buscar y embestir a los reyes de Dinamarca e Irlanda, a quienes, una vez muertos, cortaron la cabeza para mostrarlas a los enemigos como trofeo, ensartadas en las puntas de unas lanzas. Y la tropa adversaria, al verse sin sus generales, emprendió la huida, retirándose en una desbandada muy poco marcial y nada decorosa.

Arturo y Ginebra volvieron allí donde se reunían los suyos y pudieron ver el campo de batalla sembrado de cadáveres. El paisaje se había transformado de una manera brutal y horrible, y el viento de la mañana esparcía un insoportable olor a sangre que, entre el polvo, se mezclaba con los quejidos de dolor de los heridos que aullaban desesperados aquí y allá. Con gran pena, buscaron por entre los cuerpos los que podían salvarse, pero el ataque sorpresa se había cobrado un precio muy alto entre los hombres de Arturo.

–Habrá nueve sillas vacías en la Mesa Redonda –anunció con tristeza sir Keu–. Nueve de nuestros buenos caballeros han muerto y será difícil reemplazarlos con sustitutos de igual nobleza, valentía y fidelidad.

–Buscadlos entre los más justos y virtuosos del país –ordenó el rey–. Mientras, haremos levantar en este lugar una iglesia, para enterrar a nuestros muertos en tierra sagrada, dando al mismo tiempo gracias a Dios por esta amarga victoria.

Y volvieron a Camelot, confortados por el éxito militar, pero con la desolación de la muerte clavada en el alma, sintiendo un imborrable y amargo dolor por tantas vidas truncadas.

Una vez en la corte, creían poder recuperar la paz y la calma de los tiempos pasados pero, tal como Merlín había advertido repetidamente a Arturo, la vida es una rueda que gira y avanza sin freno, tragándose para siempre los instantes vividos, de manera que resulta imposible volver al pasado.

Eso se demostró al cabo de un tiempo, al hacerse efectiva una de las visiones proféticas que el mago había avanzado al rey.

Las crónicas dejan memoria eficaz de cuando Viviana, la Dama del Lago, con sus artes de seducción y de magia, había forzado el retorno de Merlín a la Gran Bretaña, tejiendo un engaño que sabía que no podía fallar: diciéndole que su amigo Arturo, a quien él protegía desde su nacimiento, corría peligro, ya que le había sido robada la espada Excálibor con su vaina, que convertía en invencible a quien la ceñía.

La hábil mentira de Viviana se había adelantado a las previsiones de Merlín, que se acabarían cumpliendo tiempo después, cuando Arturo y Ginebra volviesen a la corte. Y la argucia engañosa fue urdida por Morgana, la hermanastra envidiosa de Arturo, que no soportaba ver que toda la fama, la gloria, los elogios y los honores de la corte eran para la reina Ginebra, como tampoco había soportado años antes que Viviana recibiera las especiales atenciones de Merlín, que al convertirla en su alumna predilecta la había hecho tan poderosa.

Así pues, la bella, ambiciosa, apasionada, cruel y resentida Morgana, que había aprendido ya de muy jovencita las técnicas más refinadas de la magia destructiva y oscura, durante el tiempo pasado en un lejano monasterio del norte, tramó una estratagema que creía que había de ser definitiva, con el propósito de destronar a Arturo y conseguir la corona para su marido, sir Urien, a quien hechizó convirtiéndolo en un títere, manejándolo con sus artes más negras, pensando que finalmente sería ella quien gobernaría el reino tras la figura inconsistente de su desgraciado esposo.

Para llevar a cabo estos planes, entró de noche en las estancias reales y, moviéndose entre las sombras con la habilidad de una bruja, tomó la espada Excálibor y su vaina de donde el rey la había dejado al irse a descansar, para cambiarla por otra igual, tan exacta que resultara imposible determinar la falsedad.

A la mañana siguiente de este robo, manejado por Morgana, Urien invitó a Arturo a salir los dos de cacería. Muy pronto otearon un hermoso ciervo de espléndida cornamenta, al cual persiguieron sin tregua durante largo rato hasta que, cansados ellos y sus monturas, se detuvieron a la orilla de un río a recuperarse de la galopada. Allí encontraron una vistosa embarcación con un lujoso dosel protegiendo su confortable interior, amueblado con mullidas almohadas y tapices bellamente bordados. Como la barca, solitaria y sin nadie a la vista, parecía preparada para un rey, entraron en ella a descansar y, mecidos por la bonanza y el silencio, se durmieron, ignorando que aquel dulce sueño que les ganaba y la espléndida barca que parecía esperarles formaban parte de la maniobra de embrujo preparada por Morgana.

No se sabe cuánto tiempo durmieron allí, pero al despertarse, Urien se encontró solo y ante un raro personaje minúsculo, de aspecto extraño, cara y figura contrahechas, voz aflautada, que le entregó una espada.

–Mi señora, que es la tuya también, me ordena –le dijo– que tomes esta espada y su vaina, que te han de hacer invencible.

Urien la tomó al tiempo que preguntaba:

–¿Quién es la señora de que me hablas? ¿Y dónde está Arturo, el rey, que se hallaba aquí conmigo?

–Hablo de Morgana, a quien tú y yo obedecemos –dijo el hombrecillo–. No sé dónde está Arturo, pero lo que tienes que hacer es tomar esta espada y luchar contra el caballero que yo te mostraré.

Urien aceptó la propuesta, creyendo que se trataba de una más de las muchas aventuras que los caballeros solían afrontar; pensando, también, que como había algunos puestos vacantes en la Mesa Redonda, probablemente Morgana, su esposa, quería aprovechar la ocasión para hacer que él demostrase su valor y se ganara el favor del rey.

Pero lo cierto era que el pobre Urien ignoraba que Morgana había puesto en marcha todas sus perversas artes y que le estaba utilizando para llevar a cabo su trampa más malévola.

Por extraños caminos, el guía le condujo hasta una fortaleza que se encontraba en lo alto de un monte. Le introdujo por pasadizos, subió escaleras, cruzó galerías y al fin lo presentó al señor de la ciudadela que, sentado en una sala, parecía estar esperándole rodeado de un numeroso grupo de invitados, que quedaron en silencio al advertir su llegada.

–¡Oh, noble caballero! –exclamó el señor cuando vio a sir Urien–. Bienvenido al castillo de Forallac. Me complace ver que has llegado tal como nos anunciaron, dispuesto a defender nuestro honor y ganar fama.

Urien saludó con un gesto de cortesía y no supo qué decir, pero pensó que todo aquello era obra de la magia que su mujer, Morgana, ponía al servicio de su gloria y reputación. También observó que el noble que le hablaba desde su sitial casi no se movía, y enseguida comprobó que era un inválido, con las piernas inutilizadas.

–Efectivamente –continuó el señor, al ver la cara de extrañeza de Urien–. Me encuentro en este estado de prostración por culpa de los ataques continuos de sir Damás, mi más ruín enemigo. Él, atacándome a traición, me dejó en esta triste situación que me impide responder a sus provocaciones y presentarle batalla como quisiera. Por eso, buen caballero, eres bien recibido en nuestra casa.

–Sí –añadió la señora del castillo, con lágrimas en los ojos–. Nos habían dicho que un día vendría un valiente paladín que, a la manera de un san Jorge, nos liberaría del maldito sir Damás. Por eso vuestra llegada es una bendición.

Mientras esto sucedía en el castillo de Forallac, Arturo, desconcertado y confuso, se había despertado hacía un rato en el suelo de un calabozo oscuro, acompañado de un grupo de desgraciados harapientos que le miraban sorprendidos.

–¿Dónde estoy? ¿Quiénes sois? –preguntaba perplejo.

–Estás en la mazmorra del castillo de sir Damás, el más cruel, tramposo, cobarde y embustero de los hombres que habitan la Gran Bretaña –le informó uno de los desconocidos que le rodeaban–. Te trajeron aquí hace unas semanas y parece que has pasado una enfermedad o fiebre, revolviéndote día y noche entre la sucia paja que nos sirve de lecho en este rincón de la celda.

Arturo, que sentía el rostro entumecido y el cuerpo magullado, tenía la impresión de haber estado perdido no sabía durante cuánto tiempo, y siguió escuchándoles.

–Aquí donde nos ves –le aclaró otro– nosotros éramos caballeros nobles. Pero hace ya años que estamos en cautiverio, por habernos negado a cometer las traiciones que nos ordenaba el sinvergüenza de sir Damás.

Entonces le explicaron que aquel innoble señor se había ido apropiando con trampas, extorsiones y malas artes de todos sus territorios, utilizando un engaño de los más mezquinos y bajos que se puedan imaginar: tomaba prisionera a la familia de un caballero y le obligaba a luchar en su nombre, para usurpar tierras y bienes a otros caballeros.

–El malnacido Damás atesora tierras, riquezas y bienes a base de obligar a uno de nosotros a desposeer al otro, a cambio de dejar libres a mujeres e hijos. A los hombres nos mantiene aquí encerrados y, de cuando en cuando, en el momento que le interesa conseguir alguna otra cosa de alguien o si es retado por cualquier enemigo de los muchos que tiene, en lugar de presentar él batalla y dar la cara como manda la ley de la caballería, nos obliga a luchar en su lugar, demostrando hasta qué punto es cobarde, con nuevas amenazas a los nuestros.

Aquellas palabras dejaron atónito a Arturo, que, efectivamente, nunca había oído nada igual. Y no tardó en constatar que eran absolutamente ciertas, ya que la puerta de la mazmorra se abrió y unos carceleros cejijuntos le condujeron ante su señor.

–¿Sabes quién soy yo? –preguntó Arturo en el mismo instante de verle.

–¡Ni lo sé, ni me interesa en absoluto tu nombre! –gritó Damás, que no podía reconocer a Arturo, demacrado después del tiempo que había pasado enfermo y en cautiverio–. Lo único que quiero saber es si eres un caballero capaz de luchar o un triste don nadie de quien puedo deshacerme.

–¡Soy un caballero! –contestó Arturo, con altivez–. ¡Libérame de estas cadenas de prisionero, devuélveme mi espada y sabrás con quién estás hablando!

–Te devolveré enseguida tu espada –dijo el otro, sonriendo con malicia–. Y si eres buen luchador, recibirás una recompensa…

Arturo escuchó con atención la propuesta de aquel infame, que mentía diciendo que le dejaría libre si luchaba en su nombre contra un enemigo que le molestaba.

–Se trata de un tal barón de Forallac, que envía de cuando en cuando emisarios desafiantes para usurparme tierras y castillos que me pertenecen –mintió de nuevo, sin ningún reparo–. Me han dicho que ha llegado a su castillo un nuevo guerrero que se pretende salvador de todo y quiero que te enfrentes a él. Irás allí y tendrás tu espada, un escudo y una lanza, y un yelmo para defenderte. Y recuerda: tu libertad depende de tu valentía.

Arturo no tardó en presentarse en el campo de batalla con la visera puesta, donde encontró a sir Urien, protegido con armadura y ciñendo la espada Excálibor dentro de la vaina que el hombrecillo le había dado siguiendo las instrucciones de Morgana, dispuesto a batirse con el caballero que le enviaba sir Damás.

A caballo, los dos cruzaron las armas con potentes embestidas que hicieron añicos las lanzas, y una vez pie a tierra empezó el intercambio de golpes. Urien empuñando Excálibor, hería a su enemigo con golpes constantes y dolorosos que iban debilitándole. Por su parte, Arturo procuraba protegerse como podía, sin comprender que su espada no tuviese la fuerza habitual, ya que cuando intentaba herir al contrincante, parecía que el acero se reblandecía. Así fue como, al cabo de un rato, con la potencia del arma que blandía, sir Urien se encontró sobre su enemigo, con el filo de la espada a punto de hacerle saltar la cabeza, con yelmo y todo.

–¡Ríndete! –gritó.

–¡No puedo rendirme! –respondió Arturo.

Y cuando el otro ya levantaba la espada para darle el golpe final, el rey, con el escudo que tenía en una mano, golpeó el flanco de Urien con toda la fuerza que le quedaba, haciéndolo caer. Por sorpresa, Arturo extendió el brazo para tomar la espada que su contrincante había soltado sin querer. Entonces sintió renacer la fuerza de su brazo y reconoció el arma.

–¡Cómo te había echado de menos! –le oyeron gritar, levantándose con dificultad, empujado por el ánimo que le crecía.

Porque Arturo había reconocido Excálibor con solo rozarla con la mano, pero sir Urien, que todavía tenía su vaina que garantizaba la victoria, volvió a atacarlo con furia, lanzándose sobre él con la intención de aplastarle con el escudo. Rodaron por el suelo los dos y el rey aprovechó un instante para arrancar de un tirón la vaina que protegía a su enemigo y se levantó, dispuesto a acabar el combate con un definitivo corte preciso, chillando:

–¡Te mataré!

El señor de Forallac y su gente estaban desolados al ver que su caballero, prácticamente vencido, se despojaba del yelmo y mostraba el rostro deformado por el dolor y cubierto de sudor, polvo y sangre seca.

–Estoy a vuestra merced –se rendía sir Urien, al verse perdido, y se enjuagaba el rostro, lamentándose–: Si no he podido vencer con esta espada especial…

Arturo no tuvo tiempo de frenar su furia como hubiera querido, y soltó un golpe con la hoja plana sobre la cabeza del vencido que le aturdió. Pero enseguida quiso rectificar y, cuando consiguieron que Urien se recuperara, le habló.

–Tu voz… Tu cara… –Arturo estaba sorprendido–. ¿Quién eres?

–Soy un caballero de la corte del rey Arturo –contestaba el herido con dificultad.

Y el rey, que todavía no había mostrado su rostro, se acordó de la cacería, de la lujosa nave del río, del sopor que los llevó al sueño, del aviso que años atrás le había advertido Merlín, y preguntó:

–¿Quién te dio esta espada?

–Mi mujer, Morgana, mandó que me la entregaran –hablaba, con voz apagada, sir Urien.

Entonces Arturo supo que la que él consideraba fiel hermana había tramado aquella traición en su contra, y supuso que quería sustituirlo en el trono o poner a alguien sin carácter como su marido Urien, para que representara el papel de rey. Y se despojó del yelmo para mostrar su rostro.

–¡Soy Arturo! –gritó blandiendo a Excálibor.

Del bando de Forallac salieron vítores y gritos de alegría. Todos los presentes se arrodillaron, incluso sir Damás, que lo hizo de mala gana e intuyendo un castigo fulminante de su señor. A él se dirigió el rey:

–Ya ves, maldito Damás, que tu caballero ha vencido. Puedes estar contento, pero para celebrar esta victoria, liberarás sin demora a los nobles que tienes prisioneros, les devolverás lo que les pertenece y podrás quedarte solamente con la cuarta parte de lo que eran tus posesiones iniciales. Con la advertencia de que si cualquier caballero hace llegar a mi corte una queja, una sola, sobre tu comportamiento, por pequeña que sea, serás reo de muerte y ejecutado de inmediato. Esta es mi decisión.

La generosidad con el vencido y el restablecimiento de la paz para convivir eran dos pilares sobre los que Arturo insistía en construir su reino perfecto, pero todavía le quedaba pendiente aclarar la traición de Morgana.

Con todo, hacía un rato que las fuerzas del rey flaqueaban, ya que había perdido mucha sangre. Y tanto él como Urien fueron alojados en el castillo de Forallac para ser curados de las heridas durante unos días, pero Urien, el marido de Morgana, no pudo recuperarse del último golpe recibido en la cabeza y murió antes de una semana.

Cuando le comunicaron aquella mala noticia, Arturo lo lamentó sinceramente, porque estaba convencido de la inocencia del caballero, simple instrumento del mal en manos de los sortilegios de Morgana.

–Mi dijisteis que estamos solamente a dos días a caballo de Camelot, ¿verdad? Pues mandad emisarios con el cuerpo de sir Urien allá, y decidle a mi queridísima hermana que le envío el cadáver como presente por las atenciones que ella ha tenido conmigo.

Al recibir el cuerpo y el mensaje de Arturo, Morgana ocultó a todos el verdadero significado de aquellas palabras con doble sentido, aprovechando que ignoraban todo lo que había sucedido y ella, simulando un falso dolor, pidió a la reina Ginebra permiso para marchar hacia el norte, donde tenía sus tierras heredadas, diciendo que iba a encontrarse con su hermana Enna de Orcania, para pasar un tiempo de duelo.

–Lamento que Arturo no haya vuelto todavía de sus aventuras –dijo Ginebra sinceramente, porque no sabía nada de lo ocurrido–. Él podría consolarte de una pérdida tan terrible...

Pero Morgana abandonó Camelot con prisa, ocultando su maldad tras unas lágrimas que no eran de dolor, sino de rabia y de deseos de venganza.

[12]

Lancelot, el caballero de la carreta

Nuestra historia mira hacia el pasado para referir unos hechos que empiezan lejos de Camelot, en la Pequeña Bretaña, donde se encontraba el castillo de Trébes, aquel que Viviana y Merlín visitaron cuando conocieron a Helena de Benoic y a su pequeño Lancelot, tan loado por Viviana.

Los años han pasado y el curso de las cosas ha variado, pero no para mejorar. El señor de Benoic no pudo resistir los continuos ataques del perverso Claudás que, finalmente, acabó apoderándose de sus propiedades. La humillación que esto supuso para Ban de Benoic fue minando sus fuerzas hasta que, víctima de su propia aflicción, acabó muriendo de dolor y tristeza. Entonces, Helena de Benoic, su viuda desamparada, se vio obligada a huir a tierras lejanas para salvarse. Y en su camino al exilio quiso asegurar la vida de su hijo, el pequeño Lancelot, de manera que, a pesar del dolor que la separación le suponía, decidió fabricar una cuna con juncos, para dejarle flotando en la ribera de un lago que las gentes del lugar afirmaban que era mágico, ya que se decía que a veces se habían producido allí milagros y hechos singulares y maravillosos.

Y era verdad, porque bajo aquellas aguas plácidas donde la contristada Helena de Benoic depositó a su hijo, en un castillo fastuoso resguardado de la vista de los mortales, ahora habitaba Viviana, la Dama del Lago que, al cabo de los años, acumulaba toda la sabiduría que Merlín le había traspasado, y se había convertido en fascinadora maestra de sortilegios, hechizos y mixturas capaces de favorecer, proteger o abatir a quien fuese, según lo creyera conveniente.

El pequeño Lancelot, pues, fue encontrado por Viviana, que le recordaba bien del día que le había tomado en brazos para elogiar su infantil e inocente belleza. El hada reconoció al hijo de los señores de Trébes desde el primer instante, solo con verlo, y decidió hacer que se cumpliese la antigua profecía de Merlín, según la cual Lancelot llegaría a ser uno de los mejores caballeros de la historia. Para conseguirlo, Viviana se aplicó a su educación como una madre amorosa y una maestra exigente, con la intención de enviarlo a la corte de Camelot cuando el muchacho diera las primeras muestras de madurez.

Llegado el momento, la Dama del Lago hizo llegar mensajes al rey, recordándole la gracia que le debía desde que le había entregado la espada Excálibor, pidiéndole que armara caballero al joven Lancelot para que pudiese conseguir fama y honor, que le habían de permitir recuperar las tierras y los títulos usurpados a su padre, por el valor que sabría demostrar y contando, además, con la ayuda de un anillo mágico que le puso en el dedo cuando partía hacia la corte de Arturo.

El joven y valiente Lancelot cabalgó hasta Camelot y allí fue armado caballero enseguida, después de haber demostrado un singular dominio de las armas y un comportamiento tan cortés que se hubiera dicho que era un príncipe nacido de estirpe real. Por estos motivos, no solamente se hizo con uno de los asientos de la Mesa Redonda, sino que enseguida se ganó la amistad del rey y de la reina que lo tomaron como amigo predilecto y muy especial, hasta que con el tiempo llegara a merecer la confianza íntima de Arturo y de Ginebra, por quienes él sentía también una muy profunda estimación.

Aquella fue una época muy feliz, ya que con la armonía que en los últimos tiempos se había logrado establecer en la corte, Lancelot disfrutaba, juntamente con los reyes y los demás nobles caballeros de la Mesa Redonda, de los buenos momentos que allí se vivían y de las aventuras que se derivaban de ellos, protagonizadas por los valientes Ivain y Erec, el bondadoso y atrevido sir Marhalt, el noble Pellinor y tantos otros caballeros de la Mesa Redonda, siempre dispuestos a luchar para establecer el bien y la justicia, en defensa de quien necesitara ayuda.

Pero es bien sabido que nada dura eternamente y que la envidia es un mal inevitable que demasiadas veces hace acto de presencia en las vidas de los hom-

bres y las mujeres. Por eso, como Camelot era un reino especialmente envidiado por los incapaces mediocres, para quienes la convivencia feliz de los demás suele ser una idea insoportable, tenía que producirse alguno de los muchos conflictos que eran habituales en este mundo.

Y en una ocasión en que la corte celebraba la gesta de alguno de sus caballeros con uno de sus ya famosos banquetes, de golpe irrumpió en la sala un caballero que, sin levantar la visera de su yelmo y manteniéndose en el sospechoso anonimato al que acostumbran los cobardes y traidores, rompió la placidez de la fiesta para hablar a gritos, diciendo:

–¡Arturo! Has de saber que, mientras tú estás gozando en la corte, yo tengo en mi país a buena parte de tus súbditos, hombres, mujeres y criaturas, prisioneros. Y no pienso dejarlos en libertad –y en este punto de su insolente discurso, soltó una malévola carcajada–, si no te atreves a hacer que uno de tus caballeros acompañe a la reina Ginebra al bosque de donde vengo, y allí, él y yo nos batiremos en duelo, de modo que si tu caballero resultase vencedor yo dejaría libres a la reina y a toda tu gente que tengo secuestrada.

Después de la natural sorpresa, unos cuantos de los de la Mesa Redonda se ofrecieron para acompañar a Ginebra, y fue sir Keu, el senescal medio hermano de Arturo, quien se fue con la reina.

Al verlos partir, sin embargo, los demás no se quedaron tranquilos. Se produjo un gran revuelo, ya que muchos caballeros querían movilizarse para ir a proteger a Ginebra. Algunos, incluso habían ordenado a sus criados que ensillaran sus caballos, prestos para una urgente partida, pero fue el joven Gawain quien, después de insistir, consiguió que el rey le autorizara a ir, con extremo sigilo, tras la comitiva que había secuestrado a la reina, para protegerla de inmediato en caso de necesidad. Y se adentró en el bosque, buscando una pista que seguir.

Por su parte, con total discreción, aprovechando el desconcierto general producido en la corte y mucho antes que Gawain, Lancelot ya hacía un rato que se había internado en el espesor de la floresta con la misma finalidad que él. Cabalgó durante horas sin tregua ni descanso, hasta ser noche cerrada y, obsesionado con la búsqueda, no se apercibió del ritmo frenético que imponía a su caballo, que estaba cansadísimo, sediento, abatido por el galope constante y, en fin, extenuado. Y cuando hacía dos días enteros, con sus noches correspondientes, que el animal no descansaba, Lancelot notó que desfallecía superada por la fatiga y se dejaba morir tristemente, vencida, la bestia, por el agotamiento.

El caballero lamentó la muerte de su animal, a quien quería, pero todavía encontraba más grave no haber podido hallar ninguna pista ni señal de Ginebra, a quien, cuanto más tiempo hacía que no veía, mas echaba en falta, como si su vida hubiera perdido sentido sin la reina. Por eso no dudó en continuar la búsqueda, sin lamentarse de su cansancio, porque la preocupación y un deseo creciente de ver a Ginebra, no le dejaban ser consciente de que estaba agotado.

Y cuando ya hacía un buen rato que caminaba cargando con su arnés, las armas y el escudo, se encontró con un enano deforme y feísimo que conducía una carreta de las que se usaban entonces para transportar a los delincuentes y los condenados, para pasearlos y exhibirlos, convertidos en blanco de los escarnios, los insultos y el desprecio de todo el mundo, de modo que ir montado en semejante carruaje era motivo de vergüenza y signo de indignidad.

–¿Me puedes decir si has visto pasar a dos caballeros y una dama? –preguntó Lancelot al repugnante carretero.

–Si quieres encontrarlos, sube a la carreta...

Lancelot dudó, porque sabía perfectamente qué significaba viajar en aquel transporte, pero la estima que sentía por Ginebra iba más allá de cualquier razón. Y cuando Razón y Amor se pelean, siempre suele vencer Amor. Por ese motivo, Lancelot saltó sobre la carreta, sin pensar en la dignidad ni en la vergüenza, pero teniendo cuidado de bajar la visera de su yelmo para intentar preservar un poco el anonimato.

Avanzó la carreta con sus ocupantes, hasta que se toparon con Gawain, que hizo la misma pregunta y recibió idéntica respuesta del horrible conductor:

–Si quieres encontrarlos, sube a la carreta al lado de este caballero y os llevaré a los dos...

Gawain dijo que aquello era una locura y contestó quwe no subiría allí.

–Pero te seguiré con mi caballo allí donde vayas, por si los encuentras.

Y así fueron unos días juntos, uno montado en la carreta, el otro, detrás, a caballo, en un trayecto durante el cual, cada vez que encontraban gente, los insultos, improperios, escupitajos y burlas llovían sobre el caballero de la carreta, ya que todo el mundo consideraba que viajar así era propio de sinvergüenzas confesos.

Una tarde, cuando el sol estaba a punto de acabar de ponerse tras los cerros, divisaron un castillo, y el enano dirigió hacia allí la carreta, seguido de Gawain a caballo. Entraron, les recibió una doncella que preguntó por qué motivos llevaban a aquel caballero anónimo en la carreta, pero el enano se limitó a hacer bajar a Lancelot y desapareció no se supo por dónde.

La dama, conmovida por el silencio del caballero, que no podía ser culpable, ya que no viajaba atado ni encadenado, y llena de curiosidad por las demandas de Gawain, aceptó acogerlos a los dos y respondió a los requerimientos sobre la identidad del secuestrador de la reina.

–No puede ser otro que Meleagante –les respondió–, el hijo de Baudemagus, el rey de Gorre, el país del que ningún extranjero vuelve nunca.

Y les indicó que había un doble camino para llegar allí.

–Al llegar a la encrucijada de caminos, uno de vosotros puede pasar por el Puente de Bajo el Agua y el otro por el Puente de la Espada, y así os aseguráis de alcanzar vuestro destino. Con todo, debéis tener presente que se trata de dos obstáculos muy famosos, los más peligrosos de la región, en los cuales han perdido la vida un gran número de caballeros que han intentado superarlos.

La posibilidad de afrontar una aventura singular mientras se acercaban a liberar a la reina interesó a los dos caballeros, que siguieron su consejo y se despidieron uno del otro en el cruce indicado. Y como la dama había facilitado a Lancelot un caballo, el caballero pudo volver al camino en su montura, tal como le correspondía por su categoría y condición, pero lo hizo todavía ocultando su rostro tras la visera del casco, para preservarse de la vergüenza de la carreta que le perseguiría toda la vida.

Durante unos días, Lancelot viajó siguiendo las indicaciones que le daban en algunos castillos que iba encontrando en su ruta, en los que conocía a caballeros valientes y trataba con bellas damas que le ofrecían su amistad, y que hasta se prestaban a acompañarle en su aventura, pero él prefería seguir solo su camino, para concentrar la atención en la única finalidad de encontrar a Ginebra.

Un atardecer llegó a un monasterio situado en un paraje bellísimo, que estaba rodeado por un muro protector. Se respiraba una tan dulce paz en aquel lugar, que Lancelot decidió bajar de su caballo y recogerse para orar unos instantes dentro de la iglesia. Cuando acabó su plegaria y ya salía, se le acercó un monje muy viejecito a quien preguntó qué había tras el muro. Al saber que era un cementerio, preguntó si podía visitarlo.

El monje le acompañó y Lancelot pudo ver un grupo de tumbas y mausoleos bellísimos, que tenían la particularidad de mostrar, grabados, los nombres de los que tiempo después descansarían eternamente allí. En las lápidas, pues, se leían inscripciones como «Aquí descansará Gawain» o «Aquí reposará Ivain» y muchos otros nombres de caballeros muy principales, conocidos en el país y más allá de las fronteras.

–¿Para quién están preparadas estas tumbas? –requirió Lancelot.

–Ya habéis visto los nombres y los conocéis... –respondió el monje–. Todos tenemos a punto, visible o no, con el nombre ya puesto o todavía por escribir, nuestra tumba.

–¿Y esa tan grande que hay allí –Lancelot señalaba una que destacaba a lo lejos–, a quién está destinada?

–Os responderé con exactitud. Este es el sarcófago más bello que jamás se haya construido. Y si es hermoso por fuera, todavía lo es más por dentro, ya que oculta una belleza que solamente pueden contemplar las gentes del país, que entran y salen de él cuando quieren. Pero los forasteros como vos, si entran ahí, ya no pueden salir, porque nunca ha retornado ninguno de los que entró. Sin contar que para levantar la losa que lo cubre, son necesarios un buen grupo de hombres fuertes. La inscripción que veréis es diferente de las demás. Tiene escrito: «Quien sea capaz de levantar esta piedra, liberará a los prisioneros de esta tierra de la que no ha podido salir nunca un extranjero, ni caballero ni vasallo».

En aquel momento, Lancelot miró el anillo que le había dado la Dama del Lago, se acercó a la losa, la asió y la levantó como si nada, ante la mirada atónita del viejo monje, que solamente pudo preguntar:

–Señor, decidme vuestro nombre, para que pueda contar quién ha sido capaz de un hecho tan extraordinario.

–Soy un caballero de la corte del rey Arturo; es todo lo que puedo deciros –le respondió levantándose la visera y mostrando el rostro, que hasta entonces había ocultado a todo el mundo por la vergüenza de la carreta–. Pero vos, decidme, ¿a quién está destinada esta tumba?

–Es para aquel que consiga poner en libertad a la multitud de cautivos que hay en el reino del que ninguno logra escapar.

Tras un rato de conversación, Lancelot montó a caballo y se despidió de aquel hombre piadoso, dispuesto a seguir su búsqueda. Y sin saberlo fue adentrándose en el reino de Gorre, del que tanto le habían hablado.

Oscurecía, cuando se cruzó con un noble que volvía de cazar en el bosque y que, después de saludarle con toda cortesía, le ofreció acogerle en su casa.

–La noche está cerca, caballero, y os puedo ofrecer hospitalidad en mi castillo, que no está lejos de aquí.

Lancelot aceptó y al poco fue recibido y cumplimentado con mil atenciones. En ningún momento le solicitaron su nombre ni su identidad, solamente se interesaron por saber de dónde venía, y se lo preguntaron con cierta angustia.

–Vengo de Camelot, del reino de Logres.

Al oír aquel nombre, todos se entristecieron.

–¡Habéis viajado hasta vuestra desgracia, viniendo aquí! –exclamaron–. Venís de un reino feliz al que no podréis volver...

–¿Y vosotros, de dónde sois?

–De Logres, precisamente. ¡Y somos muchos los bretones de Logres en este maldito país! Gente de bien y de justicia que, como todos los extranjeros que llegan aquí, quedamos retenidos. Porque aquí puede entrar quien quiera, pero nadie puede salir. Vos mismo, jamás volveréis a Logres...

–¡No dudéis, ni un instante, que volveré a la corte! –respondió Lancelot–. Cuando haya encontrado a mi reina Ginebra, volveremos a Camelot.

–¡Si salís vos, podremos salir todos! –dijo el noble, recordando que alguien explicó una vez la historia de un caballero libertador que un día se presentaría a buscar a todos los cautivos.

–Sí, pero mi empresa ahora es otra...

Y Lancelot les contó que buscaba a la reina y que, para encontrarla, solamente sabía que tenía que cruzar el Puente de la Espada.

–Habéis emprendido una aventura muy difícil y arriesgada. Para llegar al Puente de la Espada hay un atajo que ahorra unos días de camino, pero no es fácil: tendréis que llegar al Paso de las Rocas y allí, no solamente hay unos peligrosos guardianes que lo cierran a los forasteros, sino que es tan estrecho el camino, que con mucho tiento puede pasar solamente un caballo.

El noble y sus hijos recordaron a Lancelot que los pasos de armas eran auténticas pruebas. Un caballero o un grupo se apostaban en un lugar y obligaban a luchar con ellos a todo aquel que quisiera continuar su camino.

–Estos pasos de armas –comentó Lancelot– están muy bien para los caballeros que quieren ganar fama y nombre, pero a mí solamente me interesa llegar lo más rápido posible al Puente de la Espada y cruzarlo.

Al oír aquello, dos de los hijos del noble rogaron al caballero que les permitiera acompañarlo. Y así lo hicieron, a la mañana siguiente.

Le condujeron por un rápido camino, y antes del mediodía llegaron al Paso de las Rocas. En mitad del paso había una barrera custodiada por un centinela que, al verlos llegar, gritó:

–¡Enemigo a la vista! ¡Enemigos!

Y en un instante apareció un caballero en su montura, armado y con un arnés muy brillante, flanqueado por dos criados que empuñaban unas hachas enormes. Al ver a Lancelot, el del caballo soltó una sonora carcajada.

–¡Vaya insolencia! ¿Cómo te atreves a presentarte así, miserable, tú que no eres más que un ridículo vasallo, que has estado paseando por tu país montado en una carreta?

Al ver que le reconocían, Lancelot enfureció y espoleando su caballo se lanzó contra el otro, que ya estaba preparado para el choque. La lanza del que guardaba el paso se rompió contra el escudo de nuestro héroe, el cual, con rabiosa puntería, le endiñó una lanzada en el cuello que lo atravesó, haciendo saltar un buen chorro de sangre. El herido cayó al suelo y solo respiró unos pocos segundos más. Al verlo, los dos criados atacaron a Lancelot con

las hachas, pero él los sorteaba y no parecía que los dos hombres, vista la suerte que acababa de correr su señor, se enfrentaran a Lancelot muy convencidos, de manera que, solamente evitando sus golpes, superó el paso, ante la alegría de sus dos acompañantes, los hijos del noble que le habían guiado hasta allí.

Como todos los pasos de armas, aquel era también un lugar muy concurrido por toda clase de gente, que acudían a ver los choques que se producían. Fueron estos espectadores los que, en poco tiempo, se ocuparon de dar a conocer por toda la región que finalmente habían visto al caballero que iba a liberarlos.

Y la leyenda del caballero libertador aumentó todavía más después del enfrentamiento con otro caballero orgulloso y fanfarrón, que se presentó a las puertas de una mansión donde Lancelot había sido invitado a pernoctar, pidiendo a gritos y con malas maneras:

–¿Dónde está ese extranjero memo que se propone pasar el Puente de la Espada? ¡Hacedle salir, que quiero reírme un rato!

Lancelot salió al instante, para demostrar que no temía a aquel fantoche.

–Yo soy el que pasará el Puente.

–¿Tú? ¿Tú, desgraciado? ¿Tú, pardillo? ¿Cómo te has atrevido ni siquiera a pensarlo? ¿Crees que uno que ha estado paseando montado en una carreta, como un reo, puede superar una prueba como esta? ¡No sé cómo no has muerto de vergüenza, después de haber sido ridiculizado a los ojos de todo el mundo!

Lancelot oyó aquello y aguantó la rabia que le quemaba por dentro, lamentando otra vez haber subido a la carreta con el enano, pero convencido de que no había tenido otro remedio y que aquella había sido la única manera de seguir la búsqueda que le había llevado hasta allí.

–Mira –continuaba el otro, con su arrogancia, sin moverse de su caballo–, si quieres pasar el Puente de la Espada, yo te ayudaré. Te ayudaré a llegar al otro lado con una nave que te protegerá de todo mal, pero mi ayuda tiene un precio –y de pronto esbozó una sonrisa siniestra–: cuando llegues al otro lado, estarás a mi servicio para siempre y, si quiero, te cortaré la cabeza.

–Que esté escuchando las tonterías de un cretino como tú, no significa que yo también sea estúpido –respondió Lancelot, desafiante.

–Puesto que parece que no quieres hacer ningún trato, tendrás que salir aquí para combatir conmigo.

–Hombre –Lancelot mantenía el tono cínico de burla–, lo cierto es que tu propuesta más bien me molesta. Porque es que ahora estoy cenando y... Pero, en fin, tendré que salir para que dejes de decir sandeces.

Y después de este diálogo tan provocativo, Lanzarote no tardó en aparecer montado y a punto para el combate.

Las dos lanzas se rompieron en pedazos contra los escudos y fueron sustituidas por las espadas, que chocaron sin tregua ni descanso en un sinfín de golpes tan furiosos que, cuando los hombres los esquivaban, herían los flancos de los caballos, hasta que llegaron a abatirlos, y los dos contrincantes tuvieron que continuar su lucha pie en tierra.

Lancelot combatía exaltado y ofendido, viendo que el señor del castillo y toda su gente seguían el enfrentamiento sin perder detalle y, por lo tanto, habían oído las acusaciones de la carreta. Pero ya no podía hacer más que obligar a callar a aquel charlatán vanidoso a quien, finalmente, acertó de lleno con su espada, entre los vítores ensordecedores de todos los que le observaban.

Fue por episodios como el que se acaba de referir aquí, por lo que corrió la voz de la presencia del caballero extraordinario, y se empezaron a producir revueltas en diferentes puntos, en las que los esclavizados extranjeros se enfrentaban a los del país del que no se podía salir, para librarse de ellos y marcharse. Y aquella insurrección se fue extendiendo a medida que Lancelot y sus dos acompañantes avanzaban en dirección al Puente de la Espada, ya que en todas partes eran recibidos como la señal emancipadora que abría un nuevo tiempo de libertad.

Pero para Lancelot todo eran victorias momentáneas, que no le distraían de la finalidad de su misión. Y su creciente impaciencia por reencontrar a Ginebra empezó a verse recompensada el día en que él y sus dos acompañantes llegaron a la entrada de aquel Puente terrible.

[13]

El Puente de la Espada

Un río de aguas espesas, negruzcas, turbulentas, amenazadoras, rugía a sus pies. Finalmente, Lancelot y sus dos nobles jóvenes acompañantes se encontraban ante el Puente de la Espada, al borde de un acantilado cortado a plomo que se abría dejando la visión terrorífica de su voraz profundidad. Y el famoso Puente era también una cosa nunca antes vista. Estaba construido con una espada de filo muy fino y cortante, que brillaba, cegador, por su acero refulgente. Debía de tener ocho o diez metros de largo y llegaba hasta el otro lado del río, donde estaba clavada en el tronco de un árbol enorme. Por allí era por donde Lancelot tenía que pasar.

Por si el riesgo fuera poco, a cada uno de los lados del árbol, se veían dos leones o leopardos atados con cadenas a unas piedras, como feroces centinelas, dispuestos a devorar a quien tuviera la osadía de cruzar el puente.

–¡Señor –le advirtieron sus dos jóvenes compañeros–, desiste de tu propósito! ¡Este puente es una trampa imposible: no hay quien pueda cruzarlo, y en el improbable caso de que alguien lo consiguiera, sería devorado por las dos fieras que esperan allí!

–Mi causa es justa, por lo que estoy seguro de que Dios me protegerá y me permitirá llegar al otro lado. He de cumplir la misión de encontrar a mi reina. ¡Antes morir que desistir!

Y diciendo esto, Lancelot ya se quitaba los guantes, las gamberas que le protegían las piernas y las espuelas, y empezaba a hacer equilibrios sobre el tajante filo de la espada. Avanzaba muy lentamente, sintiendo cómo las heridas de los dedos, las palmas de las manos y las piernas le sangraban. Sufriendo grandes dolores, ayudándose con manos, pies y rodillas, se arrastró hasta llegar al extremo opuesto, demostrando que cuando Amor guía y empuja hace soportable y dulce todo sufrimiento.

Una vez ganado el otro lado recordó a las bestias feroces que había visto antes de cruzar. Miró a un lado y a otro del árbol y no observó ninguna presencia. Entonces contempló durante unos instantes su anillo y comprendió que todo era resultado de un hechizo y que allí no había ningún animal peligroso.

Desde la otra orilla, sus dos jóvenes acompañantes lanzaron gritos de alegría, al ver que había resultado victorioso en una tan arriesgada prueba, mientras él se secaba la sangre con la camisa. A continuación levantó la cabeza y vio ante sí una torre fortificada, desde la que habían seguido su heroico paso del Puente el rey de Gorre, Baudemagus, y su hijo Meleagante, que estaban discutiendo.

Baudemagus era un hombre honesto, un rey justo y amante de la paz y la convivencia, admirador de la valentía, respetuoso y estricto con las leyes de la caballería. En cambio, su hijo Meleagante era un presuntuoso rufián y bravucón, que no parecía hijo de su padre. Precisamente él había sido quien se había presentado en la corte de Arturo para lanzar el desafío y quien tenía secuestrada a Ginebra en su reino, con gran disgusto de Baudemagus, que no había dejado de reprochar a su hijo un comportamiento tan poco caballeresco y cortés. Por eso, al ver llegar a Lancelot a su tierra en busca de la reina, padre e hijo discutían sobre cómo debían acoger a aquel valiente caballero, del cual ignoraban la identidad.

–Acabamos de ser testigos, hijo mío –decía el rey–, de la más importante gesta que haya conseguido nunca un caballero en nuestro país, al cruzar el Puente de la Espada. Es evidente que no te conviene, ni a ti ni a nadie, tenerlo por enemigo. Según dicen, ha venido aquí con una misión justa y razonable: recuperar a su reina. Sé prudente y deja que se la lleve, pues, para que no sea necesario enfrentarte con quien ha demostrado ser el mejor caballero que yo haya visto jamás.

–¡No es para tanto, padre! Yo no sé quién pueda ser este caballero, pero estoy seguro de que no es de ninguna manera el mejor caballero del mundo. ¿Qué quieres, que me rinda a él como un cobarde y me convierta en su siervo? No le devolveré a la reina, sino que demostraré a todos que yo soy el mejor caballero del mundo, y que estoy dispuesto a batirme con quien sea para quedarme con Ginebra.

–Cometerás un disparate, Meleagante, enfrentándote a él. Lo que quiere es precisamente eso: luchar contigo para conquistar a la reina y ganarse su admiración. Tengamos paz y recibamos al visitante con cordialidad. Piensa que si no escuchas mi consejo daré a este caballero toda mi ayuda y seguridad, como corresponde a un huésped en tierra de bien. Y no será por ti por quien yo sea desleal para con las leyes de la cortesía.

–Haz lo que quieras, padre. A mí no me interesa ser un hombre bueno a base de regalar a los demás lo que es mío y quiero poseer. No le temo a nadie y haré lo que me parezca. ¡Sé tú una buena persona, que yo no tengo ningún interés en serlo!

Y cuando Meleagante se retiró, su padre, el rey, se apresuró a recibir a Lancelot con todos los honores.

–Caballero, no sé quién sois, pero merecéis mi más sincera admiración por la gesta que habéis alcanzado al pasar este terrible Puente de la Espada. Soy el rey de este país y os ofrezco mi hospitalidad y mi consejo: sé que habéis venido a buscar a la reina.

–Exactamente, señor –respondió Lancelot–. Y no me marcharé sin Ginebra.

–Os resultará difícil de conseguir, sobre todo estando herido como estáis, después de vuestra travesía. Permitidme aplazar unos días el combate que habéis venido a librar, mientras mis criados cuidan de vos y os curan las heridas, porque no es adecuado ni justo que luchéis en tal estado.

Lancelot aceptó esperar hasta el día siguiente para combatir. Y cuando por la mañana ya se preparaba para luchar, pudo ver cómo había corrido por el reino de Gorre la noticia del duelo que se preparaba, porque gente de todas partes, llegada a pie o a caballo, llenaba la explanada que había delante de la torre del rey.

Y el combate comenzó. Meleagante luchaba con toda su furia, pero a cada nuevo choque se convencía de que su contrincante era más fuerte y hábil de lo que había creído al verlo. Lancelot, por su parte, se batía con toda el alma para resolver aquel encuentro con la máxima rapidez. Y seguramente lo hubiera conseguido, si no llega a ser por una dama que miraba el combate desde una de las ventanas de la torre real, que creyó reconocer, por los gestos y el empuje, al esforzado caballero que se enfrentaba a Meleagante. Y se apresuró a comentarlo a la reina:

–¿No os parece, majestad, que este valiente que lucha con el pérfido Meleagante podría ser Lancelot?

Y Ginebra, que ya hacía un rato que lo sospechaba, a pesar de la visera que le cubría el rostro y ocultaba la identidad del caballero, afirmó moviendo la cabeza, en silencio. Entonces, la dama de compañía se asomó a la ventana y gritó con toda su fuerza:

–¡Lancelot, date la vuelta y mira a quien no aparta los ojos de ti!

Al oír que le llamaban por su nombre, se revolvió con los ojos puestos en la ventana y ya no pudo apartar la mirada del rostro de su reina, a quien avistó entre los espectadores, después de tantos días deseando verla.

En aquel momento, Meleagante dio la vuelta por detrás y nuestro caballero quedó bajo la ventana desde donde la reina le observaba, de manera que, como no dejaba de mirarla, se encontró de espaldas y a merced de su contrincante. Aquello provocó un grito de espanto general entre los cautivos exiliados, que esperaban de él un triunfo libertador, y que ahora le veían peligrar. Por eso la misma doncella de antes, volvió a gritarle:

–¿Qué te ocurre, Lancelot? ¡Muévete! ¡Da la cara a tu enemigo para quedar frente a la torre, que así podrás ver a la reina y luchar al mismo tiempo!

Él, avergonzado del triste papel que estaba haciendo al dejar que el otro le ganase mientras suspiraba por ver a Ginebra, tomó la posición que le permitía mirar a la ventana y encarar a Meleagante, en una maniobra que cambió el curso del combate.

La lucha a golpes despiadados duró hasta las primeras sombras del atardecer, sin que ninguno de los dos combatientes perdiese la entereza, a pesar de las heridas que se iban produciendo el uno al otro. Al ver que aquello no parecía

tener fin, el rey Baudemagus propuso a Ginebra que recomendara a su caballero libertador aplazar el desafío, que él haría lo mismo con su hijo. Solo con un leve gesto, consiguió la reina frenar la furia luchadora de Lancelot, pero Meleagante siguió atacándolo, sin hacer ningún caso a las indicaciones de su padre, hasta que le aseguraron con toda firmeza que el combate continuaría.

–Dentro de un año –propuso Ginebra–, señor, os podéis presentar en la corte para teminar este combate que ahora dejaremos pendiente.

De mala gana aceptó Meleagante, y todos se retiraron hasta la hora de cenar. Lancelot obtuvo de Baudemagus el permiso para entrevistarse con Ginebra y se apresuró a presentarse ante ella, pero allí sufrió uno de los más grandes disgustos de su vida, ya que Ginebra, para aumentar el deseo de Lancelot que esperaba de ella el agradecimiento por haber acudido a rescatarla, sorprendentemente se mostró fría y altanera, casi indiferente, y le habló desdeñosa:

–¡Ah! ¿Ya estás aquí? –le decía sin ni siquiera mirarle, haciendo como si se preocupara más por arreglar las arrugas de su vestido que del caballero que había pasado mil peligros para salvarla–. Creía que no serías capaz de llegar nunca hasta aquí… Ahora estoy cansada.

Y ordenó al senescal Keu, que la había acompañado siempre a lo largo de su cautiverio, que mandase salir a Lancelot y la dejara sola con sus doncellas de confianza.

Ante aquella actitud glacial e indiferente, Lancelot quedó tan perplejo que solamente pensó que era muy probable que Ginebra supiera de su paseo en la maldita carreta, humillante para cualquier caballero, y por eso ya no quería saber nada de él. La tristeza y el desánimo le empujaron a abandonar el castillo de Baudemagus, dispuesto a buscar a Gawain para pedirle que fuese él quien liberara a la reina, ya que ella le despreciaba.

Al no ver más a Lancelot, que se había marchado entre las sombras de la noche, los cautivos de Logres, que esperaban ser liberados por aquel valiente caballero, creyeron que los había abandonado. Meleagante, por su parte, se reía de la cobardía de aquel que se había escapado, diciendo que huía porque había encontrado en él a un enemigo invencible. Y la gente de Gorre, al cabo de pocos días, difundieron, inducidos por no se sabe quién, que el caballero libertador había muerto y que por eso ya no se le veía.

Y esta noticia de la muerte de Lancelot hirió el alma de Ginebra, que comprendió que su actitud desdeñosa había sido excesiva, ya que en lugar de hacer aumentar el deseo y el interés del caballero, como pretendía, había tenido el efecto contrario de ofenderlo y alejarlo. Y era este alejamiento el más que probable inductor de su muerte. Fue tal el dolor que Ginebra sintió crecer dentro de sí, que le desapareció el apetito y desde entonces se negó a comer alimento alguno, para gran desesperación de la corte.

La suerte quiso que aquella situación de la reina fuera conocida más allá de la corte de Baudemagus, de la manera que solían correr en aquel tiempo las novedades: a través de las canciones y relatos que difundían los juglares.

Fue, pues, vagando por los caminos, como Lancelot conoció, por boca de un campesino que cantaba el lamento de la reina Ginebra, el peligro mortal en que se encontraba a causa de su prolongado ayuno.

–¿De dónde has sacado esta canción que cantas, buen hombre? –le preguntó, deteniendo su caballo junto al campo que el hombre cultivaba.

–Los juglares cuentan la penosa historia de Ginebra, triste y encerrada en la torre de Gorre...

Una vez que se hizo explicar todo el lamento, reconoció su error y espoleó a su caballo para volver al castillo de Baudemagus, adonde llegó ya entrada la noche y, en secreto de todos, se acercó a la torre y llegó hasta la ventana de los aposentos de Ginebra, que se lamentaba entre lágrimas, hablando para sí misma:

–Cierto es –parecía rezar una eterna plegaria, la reina– que yo no supe tratar bien a Lancelot; es posible que me excediera mostrándome indiferente para tenerle todavía más rendido. Pero él debiera haber sido más atrevido, más duro y constante, como yo esperaba, insistiendo y rogándome. Y ahora yo no estaría sola y triste, y él viviría...

Lancelot comprendió de inmediato el sufrimiento de la dama y se acercó a la reja de la ventana para llamarla. Cuando Ginebra le vio allí, estuvo tan contenta que quería abrazarlo y besarlo. Lancelot se agarraba a la reja con fuerza, intentando arrancarla. Hasta que lo consiguió, sin dar ninguna importancia

a las heridas que aquel esfuerzo le produjo en las manos, que le sangraban, dejando un rastro de gotas rojas cuando entró en la estancia. Con todo el sigilo posible, Ginebra y Lancelot se reencontraron aquella noche, hasta que los primeros albores del día aconsejaron que el caballero abandonara la habitación de la reina, para no levantar sospechas y para presentarse ante Baudemagus a deshacer el malentendido de su muerte.

Pero cuando todavía no había tenido tiempo de salir de los aposentos de Ginebra, oyó que alguien entraba en la antesala. Tuvo el tiempo justo para ocultarse tras los cortinajes, desde donde pudo escuchar cómo Meleagante, altivo y fanfarrón, presumía de ser el único caballero invencible, capaz de presentarse en la corte de Arturo a combatir y enfrentarse al mismo rey, si era necesario. De golpe, el maldito Meleagante interrumpió su desmesurado discurso porque acababa de ver manchas de sangre en el suelo y en la colcha de la reina, lo que le hizo pensar que alguien había pasado la noche con ella. Enseguida dedujo que era sangre de Keu, el compañero de cautiverio de Ginebra, que estaba medio herido en una habitación de al lado, y la acusó de infiel.

–Me habéis ofendido mucho, Meleagante –decía Ginebra–. Y Keu no puede limpiar mi honor con un desafío.

–Buscad a cualquier otro caballero, si queréis limpiar vuestra fama –reía, Meleagante, saliendo de la habitación–. Y que esté a punto enseguida, que le espero en la explanada frente a la torre.

Escondido tras los cortinajes, Lancelot había seguido con atención la escena y, naturalmente, decidió tomar parte en aquel duelo para defender el honor de su reina, sin decirle nada a nadie, ni a ella.

Cubierto con la visera que no dejaba ver su rostro, con un escudo limpio y sin señal ni divisa alguna, como un caballero anónimo, se presentó dispuesto a un nuevo combate con el insoportable Meleagante, que ya le estaba esperando. Lancelot quería preservar su identidad para que Meleagante no supiera que era el mismo con quién había combatido hacía poco. Así evitaba también que Ginebra sufriera por él y demostraba lo que cualquier buen caballero sabía: que lo importante son los actos de valentía, y no la gloria y la fama que se pueda derivar de ellos.

–¡Un caballero sin nombre! –se burlaba Meleagante–. Muy adecuado para defender a una reina sin...

Lancelot, que adivinó con qué palabra quería acabar la frase aquel canalla, golpeó su escudo con la lanza, desafiante, para hacerle callar, y el villano de Gorre no tardó ni un segundo en ponerse a punto para la primera acometida.

De nuevo, como pocos días antes había ocurrido con los mismos contendientes, se produjo un duro e inacabable combate a lo largo de una intensa jornada.

Desde el inicio, el Caballero Desconocido se muestra despiadado y experto en la justa, por lo que a Meleagante le resulta difícil no sucumbir. Sus ataques son brutales y amenazan con acabar con la vida de un contrincante en exceso confiado que, después de haberse reído de él, se encuentra al borde de una derrota indecorosa. Desde los balcones y ventanas, mirando aquel desigual enfrentamiento, todos admiran al valiente desconocido. Y muchos creen que aquel sí es el que viene a liberarlos. Pero Ginebra no tarda en reconocer a su caballero tras el porte valeroso del combatiente que parece invencible y, para asegurarse de que es Lancelot, envía a un criado para que, discretamente se acerque a él y le transmita esta frase:

–La reina ordena que luchéis de la peor manera posible.

Y aquellas palabras lo trastocan todo.

–Decidle a la reina –habla Lancelot mientras sortea una estocada– que nada me place tanto como cumplir lo que ella ordena.

Y de pronto se deja vencer por la apatía. Falla en los golpes, parece no poder ni sostener la espada, el escudo le molesta y va encogiéndose ante los golpes que le propina su adversario Meleagante, cada vez más envalentonado, que no alcanza a entender los motivos de este cambio, pero que vuelve a presumir:

–¿Has perdido tu fuerza, Caballero Desconocido? –grita el fanfarrón, alardeando de una victoria que cree segura–. ¿Has acabado rindiéndote a Meleagante, el mejor caballero del mundo, verdad? ¡Te haré recorrer todas las cortes de la tierra explicando mi gloriosa victoria!

Ginebra, que observa y oye los gritos de aquel engreído, se convence enseguida de que el Caballero Desconocido no puede ser otro que Lancelot, porque pocos como él serían capaces de obedecer a ciegas y hasta aquellos límites los deseos de su reina. Comprobada, pues, la identidad, vuelve a enviar al sirviente hasta donde tiene lugar la justa, para que le diga al combatiente que ya parece vencido:

–La reina ordena que luchéis de la mejor manera posible.

–Todo lo que place a la reina, a mí me complace –responde con voz angustiada, pero sonriendo bajo el yelmo, el Caballero Desconocido.

Y en el combate se produce un nuevo e inesperado vuelco, sin que Meleagante ni los que miran comprendan cómo es posible que un caballero que ahora mismo parecía a merced del enemigo, saque fuerzas de flaqueza y ataque con tanta energía y nervio que es capaz de tirar a Meleagante al suelo, para embestirlo sin tregua con una lluvia de golpes de espada que el caído no sabe cómo evitar. A punto está de cortarle un brazo de una estocada y la armadura se clava en la carne del atónito malvado que ya no presume. Parece que de un momento a otro, teniéndolo rendido en el suelo, le hundirá la espada por la rendija de la visera o entre el bacinete y el peto, donde la garganta se mueve buscando el aire con desesperación.

–¡Deteneos! Habéis ganado, caballero.

Baudemagus no podía quedarse quieto contemplando la muerte de su hijo. Y Ginebra, orgullosa de Lancelot, consideraba también que la humillación de Meleagante había quedado bien clara a los ojos de todo el mundo.

–Descubrid vuestro rostro –pidió Baudemagus–, para que podamos conocer al vencedor.

Pero entonces, Lancelot, que no quería vanagloriarse ante todos para no parecer tan pretencioso como lo había sido su enemigo, negó con la cabeza, disimulando su voz.

–No tengo nombre. No soy nadie.

Y montó en su caballo para alejarse de allí, esperando que Ginebra, la única que conocía su verdadera identidad, guardaría el secreto y entendería que pronto volvería a rescatarla.

[14]

El gran combate

La intención de Lancelot era quedar en el anonimato y aprovechar para ir en busca de Gawain, pues suponía que ya haría tiempo que habría superado el Puente de Bajo el Agua y pensaba que no podía estar lejos de aquel país. Pero ignoraba que su compañero, al tomar su camino en el cruce, también había entrado en el reino de Gorre preguntando por él. No sabía que Gawain se había enfrentado a sus propias y singulares aventuras, que pronto los juglares propagarían por las tierras de la Gran Bretaña, hasta cruzar el mar y hacerse famosas en la Pequeña Bretaña, donde también serían justamente admiradas la valentía y la fidelidad de aquel otro héroe de la Mesa Redonda, cuando llegasen allí los relatos.

Y estos relatos cuentan que Gawain viajó hasta el castillo de Baudemagus, donde fue recibido con la generosa hospitalidad que acostumbraba aquel buen rey, que le invitó a quedarse durante el tiempo que quisiera. Pero no bien se acababa de acomodar, cuando llegó un mensajero con una carta, supuestamente procedente de Camelot, que decía así:

«Lancelot saluda al rey de Gorre y le agradece el trato recibido, comunicándole que ahora se encuentra en Camelot, al lado de Arturo, su rey, quien no desea otra cosa que la reina, Gawain y Keu emprendan el camino de regreso a su casa, para ser recibidos con inmensa alegría y todos los honores».

Pero aquella era, naturalmente, una carta engañosa, trampa maquinada por Meleagante quien, al ver que había perdido a la reina en combate con el Caballero Desconocido y que le era imposible convencer a su padre el rey para que la retuviera contra su voluntad, quería, por lo menos, vengarse de su enemigo, que entonces se encontraba todavía cabalgando oculto por su armadura anónima, buscando inútilmente a Gawain, y que había avanzado durante unas cuantas jornadas adentrándose, sin saberlo, en el Valle Sin Retorno.

Hasta allí, en aquel misterioso y poco frecuentado territorio, cuentan algunas historias que llegaba el poder de la pérfida Morgana, quien, sintiéndose despreciada por muchos de los hombres de los que se había enamorado, llena de la furia que fabrica el odio, había acabado por maldecir a todos los caballeros del mundo, afirmando que serían aborrecidos para siempre en aquel reino, ya que se habían demostrado incapaces de corresponder a sus requerimientos. Y por este motivo había llenado de trampas mortales bosques y caminos, dispuesta a acabar con todo aquel que se acercara por allí.

Mientras, Gawain, Keu y Ginebra se despedían de la corte de Gorre y de Baudemagus para presentarse al poco tiempo ante Arturo, preguntando por Lancelot, a quien suponían allí. Pero nuestro caballero andaba perdido por los dominios de Morgana, en el Valle Sin Retorno, donde, por designio de la bruja, tuvo que enfrentarse primero a dos dragones y acto seguido a un feroz león, tal como en su día se vio forzado a hacer Ivain, otro de los famosos caballeros de la Mesa Redonda, de quien también recogieron las aventuras los juglares.

Lancelot consiguió, pues, salvar estos y otros obstáculos que ningún otro caballero de los que habían entrado en el Valle Sin Retorno había superado, porque, además de estar protegido por el anillo de Viviana, él era un hombre de corazón limpio y capaz de amar, circunstancia que le protegía de la maldición que Morgana había lanzado contra todos los que pasaban por allí. Por eso, al saber la hechicera malvada que había un hombre capaz de sobrevivir a las trampas monstruosas por ella preparadas, se interesó por conocer de quién se trataba. Y a pesar de la armadura anónima y el escudo sin divisa, enseguida adivinó que solamente podía ser un caballero de Camelot, alguno de los famosos integrantes de la Mesa Redonda de Arturo, lo que hizo aumentar todavía más su odio y afilar con maldad expresa sus deseos de traidora venganza.

Entonces fue cuando, con los mágicos poderes que sabía combinar, hizo que Meleagante se recuperase milagrosamente de las heridas de aquel combate y se apoderó de su voluntad para que ordenase la persecución de aquel Caballero Desconocido que le había ridiculizado. Y su rabia se había multiplicado cuando Morgana, disfrazada de mensajero, le hizo saber que aquel anónimo combatiente que le había vencido era Lancelot.

–¡Maldito sea el eterno enemigo! –aulló Meleagante–. ¡No podré evitar que Ginebra escape, pero acabaré con él!

Inmediatamente dio órdenes para que, mientras él redactaba aquella falsa carta preparándose el terreno, partiesen sus hombres más fieles en busca del Caballero Desconocido. Y Morgana cuidó de combinarlo todo para hacer que Lancelot se durmiera en un paraje solitario, donde fue sorprendido por un gran número de enemigos, que le ataron y amordazaron, para llevarlo en secreto hasta un lugar del reino de Gorre, donde existía un acantilado difícilmente accesible, al borde del cual Meleagante había hecho construir una torre hermética, con una única muy pequeña abertura por donde hacer entrar los escasos alimentos al reo. Allí ordenó encerrar a Lancelot, dispuesto a hacerle sufrir y dejarlo morir, para, aprovechando su ausencia, presentarse en la corte de Arturo a reclamar el combate pendiente que le habían prometido, sin esperar a que pasase el año acordado.

–¡Eres un caballero indigno! –le reprochaba su padre, el rey Baudemagus–. ¡Encerrar a Lancelot en una torre inexpugnable y atreverte a desafiar a Arturo, porque sabes que su mejor caballero no puede enfrentarse a ti, es un acto de cobardía repugnante!

–¡Di lo que quieras, padre –volvía a reír el siniestro Meleagante–, que yo quiero demostrar a aquellos de la Mesa Redonda que el único auténticamente invencible soy yo!

Y pidió que de cuando en cuando enviasen a alguien a llevar de comer al prisionero de la torre (aunque en realidad lo que quería era que se asegurasen de que seguía allí encerrado). Para aquel menester se ofreció la hermana de Meleagante, que había oído la conversación y sabía quién era el cautivo al que, medio enfermo ya, oyó lamentarse cuando se acercó a la torre.

–¡Qué desgraciado soy! –se quejaba Lancelot–. ¡Y qué mal ha girado para mí la rueda de Fortuna! ¡Antes me sonreía la suerte y ahora soy el más desventurado de los mortales! ¡Pobre de mí! ¡Aquí estoy, solo, desvalido, ya no sé cuántos meses llevo encerrado, porque no puedo ni ver pasar el tiempo por esta rendija tan escasa, a punto de consumirme y morir! ¡Y sin poder cumplir con mi deber de liberar a Ginebra, mi amada reina!

La muchacha oyó aquellas lamentaciones, que la impresionaron muy vivamente. Recordó cómo había admirado la valentía y la belleza de Lancelot cuando le vio combatir contra su hermano, y hasta qué punto le había conmovido y admirado la fidelidad que el caballero mostraba hacia la reina en todo momento. Y con la esperanza de ganarse el favor y la atención del héroe, se dirigió desde fuera al prisionero.

–¡Lancelot, señor! ¡Háblame, responde, que soy tu amiga!

Pero la voz de la chica no llegaba a aquel agujero, por más que ella se esforzaba. Hasta que hubo un momento en que chilló tan fuerte y repitió con tanta insistencia el nombre del caballero, que él creyó oír allá lejos, muy lejos, una voz que le reclamaba, y pensó que debía de tratarse de la muerte, que acudía en su busca para la definitiva visita, o de un engaño de la imaginación, ya que por allí nunca había aparecido ni un alma viviente.

–Dios mío –dijo–, oigo voces y no hay nadie. Me estoy volviendo loco...

Entonces, trepando un poco por la cuerda por la que le bajaban las migajas de pan seco y el agua para mal alimentarlo, se esforzó para acercarse al agujero de lo alto, que hacía de ventana y respiradero, para gritar con todas sus fuerzas:

–¿Quién eres? ¿Dónde estás?

Ella le oyó y volvió a llamarle por su nombre.

–¡Aquí, Lancelot! –se puso ante la abertura– ¡Por fin me oyes! He venido a hacerte justicia, porque no puede ser que un buen caballero, fiel y valiente como tú, muera aquí, encerrado por capricho de mi hermano, que es un mal hombre, enloquecido por la rabia y la envidia. Yo te sacaré de aquí.

Entonces, él, que había trepado hasta la ventanuca, miró a derecha e izquierda, aquí y allá del agujero, y logró entrever una figura esbelta que se movía al pie de la torre.

–¡Y yo te he de corresponder con lo que desees! –contestó, entusiasmado–. ¡Que cualquier cosa que quieras, si depende de mí, la obtendrás al instante!

–¿Tienes la cuerda con la que te pasan la comida? Pues tíramela por la rendija, que yo iré a por un pico, lo ataré a ella y te servirá para hacer más grande el agujero por donde descolgarte después.

Dicho y hecho. Con unos pocos intentos fue suficiente para que Lancelot abriera una brecha dando golpes furiosos, y enseguida sus ojos felices recuperaron la visión del sol y su calidez vital. Cuando el caballero salió de la prisión, apenas podía tenerse en pie. Caminaba inseguro por la debilidad del cuerpo, poco y mal alimentado, y por el mucho tiempo de cautiverio solitario. La doncella, que había llegado hasta allí montada en un asno, ayudó al caballero medio desmayado a subirse al jumento y, a buen paso, se encaminaron hasta un refugio secreto que ella tenía. Allí, durante un tiempo, asistió al pobre caballero, el cual, una vez recuperadas las fuerzas, le dijo amablemente:

–Solo a ti y a Dios he de agradecer que sigo vivo, y estoy dispuesto a cumplir mi promesa de hacer cuanto tú quieras y me pidas. Con todo, la verdad es que ya hace mucho tiempo, no sé contar desde cuándo, que falto de la corte de mi rey Arturo...

–Lancelot, amigo, puedes partir cuando desees –dijo la muchacha–. Yo te amo, pero sé que no tienes tu corazón aquí, y no quiero otra cosa que tu bien.

Y al acabar de decirle esto le obsequió con un hermoso caballo, para que lo montara y se pusiera en camino hacia su tierra.

Agradecido y prometiendo servirla siempre que lo necesitara, Lancelot se marchó. Por el camino, a pesar de ir muy contento por haber escapado de aquella terrible prisión, no podía borrar de su cabeza la imagen de Meleagante, el malvado caballero, indigno de su linaje, con quien deseaba encontrarse para hacer justicia cobrándose su vida.

Y no tardaría mucho en llevar a término su venganza, porque el vil Meleagante, aprovechando que él estaba cautivo, había llegado ya a la corte de Arturo, donde nadie le había invitado, y con toda la maldad traicionera de que era capaz, creyendo que Lancelot seguía encerrado en la torre, se presentó en la sala donde estaban reunidos los caballeros de la Mesa Redonda con el rey y la reina, para proclamar ante todos:

–He venido a medir mis fuerzas con Lancelot... –y añadió con cinismo–: ¿Es que quizás está asustado, que no le veo por ninguna parte?

La intención de insultar y ofender que tenían aquellas palabras era evidente. Y lo consiguió, ya que Arturo hizo el gesto de levantarse, como si estuviera dispuesto a responder a la provocación de inmediato, tomando su espada, después de que Ginebra lanzase una mirada de desprecio al atrevido Meleagante. Al mismo tiempo, los caballeros reunidos alrededor de la Mesa Redonda, al oírle y ver su aspecto fanfarrón, desenvainaron las espadas mostrando sus divisas para dejar claro que se encontraban prestos para el combate. Pero fue Gawain quien más rápido se plantó ante el presuntuoso intruso, para responder que Lancelot no estaba allí porque todavía no había vuelto de sus aventuras por tierras lejanas.

–Pues bien, joven –sonreía, malicioso, Meleagante–, ya que vos estáis aquí y me miráis desafiante, ¿debo entender que estáis dispuesto a sustituirle y responder por él del reto acordado?

Nadie se entretuvo a decirle que el trato hecho era luchar al cabo de unos meses, porque todos sabían que aquel fantoche lo que quería era provocar una riña inmediata.

–Y cumpliré enseguida –contestó Gawain con rapidez, dando órdenes de prepararlo todo para el combate.

Montado en un magnífico corcel, se presentó en la plaza de armas donde se iba a producir la justa. Toda la corte se aprestaba a contemplarla, y los dos contendientes se situaron cada uno en un extremo, con las lanzas y los escudos bien armados y a punto de la primera embestida, cuando, de improviso, inesperadamente, Lancelot llegó al galope, se situó en medio y bajó de su caballo interrumpiéndolo todo.

La alegría de la gente, especialmente de la reina, acogió aquella aparición con flamear de pañuelos y vítores de alegría. Gawain se acercó a su amigo, bajó del caballo y le abrazó. Una vez recuperados de la sorpresa, Arturo pidió a Meleagante, que se había quedado en su rincón, quieto y mudo, aturdido por aquel impen-

sado contratiempo, que suspendieran la justa unos instantes para dar tiempo a que Lancelot se preparase, a lo que el malévolo Meleagante no pudo negarse.

Lancelot, antes de subir los escalones para honrar a los reyes y ser saludado por Arturo, señaló con el dedo índice amenazador a Meleagante, que se mantenía inmóvil en su montura, pero no se dijeron nada, porque los gestos a veces hablan más claro que las palabras.

Y después de que Arturo mostrase la satisfacción de reencontrarse con su valiente caballero y amigo, impaciente por saber novedades, le habló así:

–Estoy contento de verte entre nosotros, querido Lancelot. Pero tienes que contarme dónde has estado durante tanto tiempo, que nadie ha sabido darnos noticias tuyas.

–Señor –respondió él–, después os contaré a todos dónde he estado y todo lo que me ha ocurrido, pero os pido que antes me autoricéis a ajustar cuentas con este traidor, porque ardo en impaciencia hace ya mucho.

Meleagante estaba a punto y se puso en tensión cuando le oyó. Lancelot no necesitó muchos preparativos para emprender la primera carga, incitando con las espuelas a su caballo. Chocaron con estrépito; las robustas lanzas se astillaron contra los escudos hasta traspasarlos, pero ellos solamente sufrieron unos rasguños. De nuevo con otra lanza en las manos, tiraron de las bridas y azuzaron a los caballos al encuentro con un renovado ímpetu, que esta vez les hizo caer de sus sillas. Rodaron por el suelo, mientras sus corceles huían asustados. Sin perder el aliento, se levantaron los dos para embrazar sus escudos y desenvainar las espadas, que enseguida empezaron a golpear, destrozando los protectores y abollando las armaduras. En un instante, el arma de Lancelot seccionó con acierto el brazo izquierdo de su enemigo, que aulló de dolor pero no dejó de combatir, ahora enloquecido por la rabia y la herida.

Meleagante perseguía con desesperación a Lancelot, buscando la manera de recuperarse, pero nuestro caballero se revolvió de improviso y, con puntería, descargó otro certero golpe contra el yelmo, aplastándole el rostro tras la celada y rompiéndole el hueso de la nariz y tres dientes.

Apenas si podía respirar, ahogado por la sangre que le cubría la cara, el desgraciado infame. No le quedaba aliento ni ánimo para suplicar clemencia, pero estaba tan resentido, tan loco, tan airado, que combatía a ciegas, lanzando estocadas al aire en un ataque ridículo e inútil que Lancelot contempló a distancia durante unos momentos. Después, le pidió que se rindiera, para cumplir con su deber de caballero piadoso, pero el otro seguía resoplando enloquecido, ciego, negando con la cabeza y golpeando a todo lo que se movía. Entonces, Lancelot se le acercó, le preguntó de nuevo si quería clemencia y, al no obtener otra respuesta que un alarido de rabia sangrante, con la punta de la espada le cortó las cintas de la gorguera y de un solo golpe le hirió mortalmente con un tajo estremecedor. Ahora estaba seguro de que nunca más podría volver a engañarle.

Sería inútil preguntar si alguno de los presentes lamentó ni un solo instante aquella muerte tan buscada.

Arturo, Ginebra y todos los caballeros felicitaron con efusividad a Lancelot por su magnífico e implacable combate y por la rotunda victoria, pidiéndole que, una vez que hubiera descansado, les hiciera la merced de contar qué había sido de él durante el largo tiempo que había estado ausente de la corte. Y el caballero lo contó con detalle, quizás sin la exacta precisión que lo narran las historias que han traspasado fronteras y que ni el tiempo ha podido borrar, porque, siguiendo las normas de la cortesía, el relato que hizo Lancelot ante la corte mantuvo la imprescindible discreción y evitó todos los episodios que él creía que podían comprometer, herir o poner en duda el honor de la reina, que le miraba con goce y escuchaba, satisfecha y feliz de volver a tener cerca a su fiel, amoroso, valiente, invencible caballero, que se había jugado la vida en varias ocasiones, y hasta la fama y el nombre subiendo a la carreta, para encontrarla y rescatarla.

[15]

Mordret

Camelot parecía haber recuperado de nuevo la paz de sus mejores días, con el retorno de Ginebra, la heroica victoria de Lancelot, la valiente aventura de Gawain y las distintas y continuas muestras de coraje que daban los caballeros de la Mesa Redonda, desde Keu a Tristán, y de Cligés a Ivain, todos ellos nobles y virtuosos, a los cuales después se sumaría Perceval, el caballero que pronto ocuparía el Lugar Peligroso y que con el tiempo había de partir en busca del Santo Graal.

Pronto, el rastreo y la recuperación de aquel precioso cáliz se convertiría en una de las misiones principales de los caballeros de la Mesa Redonda. Pero antes se produjo un largo periodo de felicidad plácida en la corte de Arturo; un tiempo de bienestar observado con torturada envidia por Morgana, la hermanastra del rey, que desde su país de las sombras seguía con ira creciente el bienestar envidiable de Camelot. Era inevitable, pues, que la hechicera pusiese en marcha todas sus artes taimadas y sus sortilegios malignos para destruir la felicidad de su medio hermano el rey, que le resultaba insoportable.

Y determinó hacerlo valiéndose de Mordret, su sobrino e hijo secreto de Arturo y Enna de Orcania, un muchacho que se había criado lejos de Camelot, ignorando que pertenecía a la estirpe de los Cabeza de Dragón por parte de padre.

La secreta maniobra del Barco sin Rumbo que hacía años Arturo había llevado a cabo para librarse del niño nacido el primero de mayo, había terminado en las costas del norte, con la criatura en brazos de una buena mujer que le había criado en condiciones muy humildes. Pero la sangre de aquel hijo secreto fue agriándose hasta la negrura, a medida que iba creciendo y se convertía en un joven ambicioso, con una inclinación innata a la codicia, especialmente propenso a la astucia maliciosa, quizás heredada de algún desconocido antepasado con tendencia a la maldad. Por eso, con desagradecido desdeño, Mordret abandonó a sus pobres padres adoptivos, tras proporcionarles disgustos frecuentes, despreciando la modestia de sus vidas, ya que él aspiraba a un destino más alto, como si algo en su interior le dictara que era hijo de señores principales.

No le resultó difícil a Morgana localizar a aquel muchachote que con formas groseras y comportamiento ruin empezaba a ganarse un nombre entre los malhechores de las tierras del norte, donde la rencorosa bruja le había mandado a buscar. Y pronto convenció al ambicioso Mordret de que estaba llamado al más alto de los honores, demostrándole quién era su padre y, sobre todo, alimentando el odio del granuja por aquel que le había abandonado a merced de las olas, con la esperanza de hacerlo desaparecer para siempre.

–No es la suerte, no –le removía el mal humor, la maga–, sino tu destino escrito de rey, el que te preservó de la muerte en las aguas feroces de la tempestad...

Y él la creía porque quería creerla y porque pensaba que Morgana le había estado buscando durante años para hacer justicia y ceñirle la corona.

Pero hacía falta tiempo para refinar a aquel bribón y conseguir que adquiriese las formas y el comportamiento que debe tener un príncipe que aspira al trono de la Gran Bretaña. Y a esta tarea dedicó Morgana una buena parte de sus esfuerzos, al mismo tiempo que se presentaba en el castillo de Orcania, donde vivía su hermana Enna, esposa del rey Lot, para recordarle la desaparición de aquel niño que había tenido hacía ya tantos años.

–Puede que siempre hayas creído –enredaba la hábil y astuta hechicera– que la fuerza de mis encantamientos no podía tener buenos efectos. Pues mira, hermana, finalmente he conseguido encontrar a tu hijito perdido, el joven Mordret, a quien he acogido en mis dominios y allí se recupera de la vida azarosa que le ha tocado vivir.

¿Qué madre dolorida no escucharía estas palabras como un regalo del cielo o de la Fortuna?

–¡Si es cierto lo que me dices –contestó con alegría Enna–, descargarás una

pena de mi alma que ni el nacimiento de mi segundo hijo Gawain pudo consolar nunca!

Al poco tiempo, pues, Mordret fue presentado al rey Lot de Orcania, marido de Enna, que también le creía su hijo legítimo perdido, y a Gawain como el hermano mayor a quien no había podido conocer. Y Enna quedó tan agradecida a su hermana Morgana, que se declaró dispuesta a apoyarla siempre en todo, hasta en la reclamación de la corona de la Gran Bretaña que, por ley, correspondía a Mordret, tanto por ser el hijo secreto del rey, como por ser el sobrino primero de Arturo, que no tenía descendencia, probablemente (y eso nunca nadie lo supo con certeza) porque Morgana había procurado a Ginebra las pócimas adecuadas durante su estancia en Camelot, para evitar que su embarazo pudiese dar herederos legales a Arturo.

Los planes de Morgana tenían además otro frente de ataque. Se trataba de conseguir que el rey abandonara Camelot dejando allí a Ginebra. Fue así como concibió un plan diabólico que se iba gestando mientras el futuro rey Mordret pulía sus maneras, preparándose para tomar las riendas del reino.

Morgana hizo que llegasen a Roma noticias equívocas sobre la fidelidad de Arturo al Imperio que comandaba el césar de la cristiandad. La idea de que la Gran Bretaña no pensaba contribuir con el tributo acordado puso en guardia a todos los reinos cristianos. Ya había conseguido la bruja enemigos a millares contra Camelot, tal como tenía previsto, y no tardaron en llegar demandas, fustigaciones y desafíos de los vecinos, hasta que forzaron a Arturo y a sus caballeros a organizar una expedición de defensa que solamente se podía llevar a cabo cruzando el mar por el Canal y desembarcando en la Pequeña Bretaña gala, para dirigirse a Roma a aclarar el malentendido.

Fue entonces, mientras trazaban los planes para esta expedición, cuando se presentó ante la corte Mordret, siguiendo las instrucciones de Morgana, y se ofreció para guardar el reino en ausencia del rey, afirmando que aquel era un servicio especialmente adecuado a su juventud, por su inexperiencia en las expediciones guerreras. Su hermano Gawain y su padre el rey Lot de Orcania se extrañaron del inesperado interés por los asuntos de gobierno del recién llegado, a quien hacía poco que conocían y trataban. Pero todavía se sorprendió más

Arturo, cuando le presentaron a aquel jovencito llegado de Orcania, diciendo que era el sobrino perdido hacía años.

–Si ahora estuviera aquí Merlín –murmuraba el monarca para sí mismo–. Podría saber si este es quien sospecho...

–¿Decíais, señor? –preguntó con forzada simpatía el joven Mordret, simulando que no había entendido las dudas de su secreto padre.

–No, nada, cosas mías... –despistaba Arturo–. ¿Y dices que fuiste criado en tierras lejanas?

–Parece ser –respondía, perfectamente aleccionado, con toda la malicia, el astuto príncipe– que la maldita Desgracia me separó de mis padres. Pero ahora, el afectuoso Azar y la benévola Justicia me han devuelto mis derechos. Y estoy dispuesto a todo para recuperar lo que me pertenece.

Las dudas de Arturo se desvanecieron. Comprendía a la perfección quién era aquel que llamaban Mordret, y entendía que su madre Enna le hubiera enviado allí a reclamar el trono, ya que Ginebra y él no tenían hijos. Y entonces, el orgullo, que tanto mal causa a los hombres, llenó el pecho ufano del rey, haciéndole pensar que aquel hijo suyo podía ser el príncipe a quien esperaba enseñar y educar para conducir el reino, y que a partir de aquel momento podría ejercer de guía y padre, orgulloso de fundar una estirpe, aunque tuviera que ocultar a Ginebra una parte importante de la verdad. Y con aquella vanidad fatua de varón altivo había contado Morgana para redondear y completar sus abyectos planes.

–He pensado –disimulaba el auténtico sentido de sus palabras ante Ginebra– que cuando parta hacia Roma con mis hombres para aclarar el malentendido que nos enfrenta, el joven Mordret, sobrino nuestro de Orcania, podría quedarse aquí contigo, Ginebra, guardando el reino y aprendiendo a conducirse en la corte.

Ginebra, habitualmente dispuesta a compartir los planes de Arturo, aceptó la propuesta, sobre todo porque le habían llegado noticias de que quizás Lancelot regresase muy pronto a Camelot, de la campaña que había emprendido para recuperar las tierras de sus padres en Trébes, donde finalmente había derrotado al innoble Claudás de la Tierra Desierta. Por eso a la reina le pareció bien quedarse allí, en compañía del joven sobrino.

Así pues, los planes de Morgana se cumplían al pie de la letra.

Keu, Gawain, Pellinor y Lot de Orcania comandaban las secciones del ejército que Arturo hizo avanzar por las tierras de la Pequeña Bretaña, no sin dificultad, ya que muchos de los nobles galos, intoxicados por las falsas noticias que había difundido Morgana por todo el continente, se enfrentaban a él, convencidos de que los de la Mesa Redonda y su rey habían dado la espalda al Imperio de la cristiandad. Por eso, las tropas de la Gran Bretaña se veían forzadas a moverse con lentitud, para superar a los ejércitos que se oponían a su paso por la Galia.

Y cuando hacía unos meses que Arturo y sus hombres se afanaban en luchas por los campos de batalla franceses, Mordret y Morgana empezaron a estrechar el cerco de la que esperaban que fuese su trampa definitiva.

—¡Arturo ha muerto en el campo de batalla! —propagaban por Logres y por todo el reino los enviados del hada maligna.

—¡Las tropas del rey han sufrido una derrota terrible! —repetían otros, aleccionados con sobornos.

Esas voces no querían ser escuchadas en Camelot, donde la reina hacía como que no las oía, ya que nunca había querido hacer ningún caso de las palabras que no tenían nombre o rostro conocido que las hiciera creíbles.

Hasta un día en que, con grandes aspavientos teatrales, Mordret entró en los salones de la reina, acompañado de un supuesto caballero de aspecto siniestro.

—¡Majestad! —gritó, exagerando, el perverso sobrino—. Este mensajero acaba de llegar de Francia con noticias terribles que cuesta creer.

—¡Habla! —le conminó la reina, temerosa de lo que sus oídos no habían querido escuchar nunca sobre Arturo y su ejército.

—Es un caballero que ha asisitido al asedio de la ciudad de Gaunes y... —se apresuraba a intervenir Mordret, que ya veía triunfar su vil estrategia.

—¡Calla y déjale hablar! —se impacientaba Ginebra.

—Yo, señora... —titubeaba, arrodillado a los pies de la reina, el falso mensajero—, vengo de Francia y allí, hará unos tres días, el ejército de Arturo, quiero decir el nuestro, fue derrotado y el rey murió en el ataque...

No fue necesario que siguiera hablando, porque Ginebra se volvió y, con prisa, se retiró a sus estancias junto a dos de sus damas de confianza, a llorar por el marido a quien suponía muerto y por la repentina viudedad en que se encontraba.

Pero no habían pasado ni dos horas desde esta escena, cuando Mordret volvió a pedir ver a la reina, dirigiéndose a las doncellas que la cuidaban con evidente e indisimulado desprecio.

–¡Decidle a Ginebra que quiero hablar con ella! ¡Ahora mismo!

La reina no estaba acostumbrada a recibir órdenes como aquella que le transmitieron las damas con toda exactitud, y secó sus lágrimas, con tanto dolor como irritación, al considerar que aquel jovenzuelo tenía el deber de respetar su adolorida intimidad de viuda y la indiscutible voluntad de reina.

–¡Avisad a Mordret de que no abuse de su posición!

Pero antes de que acabara de decirlo, el insolente sobrino se atrevía a entrar en los aposentos reales con malas maneras, sin pedir permiso siquiera, para advertir, sonriendo con toda la maldad que Morgana le había enseñado:

–Deberás tener en cuenta, querida tía Ginebra, que ahora, muerto Arturo (que en el cielo esté) el único heredero que tiene él, y por lo tanto todo su reino, soy yo. Por esto, si quieres que te sea respetado tu título de reina viuda, será mejor que aceptes y respetes mi derecho a la corona.

–¿Cómo te atreves...?

–Te presento mis condolencias –respondió, arrogante.

Y Mordret se retiró sin dejar de sonreír. Ya había dejado clavada en el corazón de la reina la daga mortal que marcaba el inicio de sus ambiciones y estaba satisfecho. Al llegar a su habitación, donde había estado esperándole oculta Morgana, los dos celebraron el éxito de su empresa, convencidos de haberse apoderado no solamente de Camelot y de todas las posesiones de Arturo, sino de haber sometido la voluntad de la reina.

Pero Ginebra, sobreponiéndose al dolor que le rasgaba el alma, llamó a uno de sus más fieles sirvientes y le ordenó que de inmediato partiera hacia Francia en busca de novedades que le diesen una brizna de esperanza, pensando que si Arturo estaba muerto, quizás Gawain, o su fiel Keu, el valiente Pellinor, o quién sabe si Lancelot o cualquier otro de los nobles de la Mesa Redonda que la respetaban y querían, podrían rescatarla, a ella y a la corona, cuando supiesen los delirios estúpidos de aquel joven sobrino ambicioso. Porque ella ignoraba que era la maldad de la bruja Morgana quien guiaba los gestos y las palabras del soberbio Mordret. Y sucedió que la hechicera, mucho más poderosa de lo que algunos pensaban, descubrió los planes de Ginebra y desvió del camino al caballero que la reina había enviado a buscar ayuda, del cual nunca nadie tuvo noticia alguna.

Por su parte, aquella misma noche, en el campamento de sus tropas, Arturo descansaba después de una intensa jornada de lucha. Dormía inquieto, como si el cuerpo adivinara aquello que la mente todavía no podía ni insinuar entre las sombras intangibles de los sueños, que lentamente dibujaban la imagen de Ginebra, hablándole atribulada desde el dominio oscuro de la noche.

«¡Arturo, querido, vuelve a Camelot! ¡Hemos sido traicionados y engañados por Mordret, que se quiere apoderar de la corona sin ningún honor ni respeto! ¡Vuelve! ¡Vuelve!».

Y aquellas palabras se repitieron en los sueños de Arturo, confundiéndose con imágenes de fuego, asaltos y campos de batalla llenos de caballeros sangrantes, augurios terribles que inquietaron al rey de tal manera que, al despertar angustiado, no dudó en su decisión:

–¡Volvemos a Camelot! –ordenó a sus hombres–. ¡El reino está siendo asaltado y no tiene ningún sentido estar luchando en tierras extrañas cuando la que está en peligro es la nuestra!

Y deshicieron el camino hecho, enfrentándose de nuevo a los mismos enemigos, que ahora se habían reforzado recuperados de las derrotas.

Entretanto, Ginebra, negándose a compartir los honores de reina con el traidor sobrino de su marido, se retiró a un convento, para encontrar la paz entre las monjas piadosas que la acogieron, dispuesta a acabar sus días rezando por el marido que creía muerto en el campo de batalla, al no recibir noticias del mensajero.

Esto ocuría al mismo tiempo que Mordret, informado por espías que tenía entre los hombres del rey, supo que Arturo se encontraba en Normandía, a punto de pasar el Canal para volver a su país, y buscó ayuda entre los antiguos enemigos de los Cabeza de Dragón, prometiéndoles recompensas de tierras y títulos si le ayudaban a derrotarle y conquistar el reino. Fue por eso por lo que algunos nobles sajones de los reinos del norte, que odiaban a Arturo, incitados por los hechizos y las artes de Morgana, enseguida se mostraron dispuestos a ayudar al malévolo pretendiente al trono.

La gente de Arturo desembarcó muy pronto en la Gran Bretaña, dispuestos a librar unos combates que cada día fueron más duros y difíciles, ya que los enemigos eran muy numerosos y luchaban con afán y empeño. Por eso se produjo un gran número de bajas entre los nobles caballeros de la Mesa Redonda.

Los primeros que entraron en combate fueron los veinte mil hombres de la vanguardia que conducía Gawain, llegados a tierra por el puerto de Dover con la intención de abrir paso al grueso de las tropas reales. Allí fueron recibidos por un ejército de cincuenta mil soldados, comandados por el usurpador Mordret que, sin piedad, en tierra y a caballo, con piedras, flechas, espadas, lanzas, dardos y toda clase de armamento se lanzaron sobre las tropas de Arturo. Fue una lucha feroz, hermano contra hermano, Mordret contra Gawain, que se resolvió de manera trágica e injusta, durante la cual uno de los hombres del desleal Mordret buscó con tenaz maldad a Gawain y, sorprendiéndole en medio del encarnizado combate, descargó un golpe de espada preciso, brutal, bajo la gorguera del valiente caballero, haciéndole saltar la cabeza al suelo y provocándole la muerte instantánea.

Aquella fue, pues, una jornada fatal, en la que el dolor que partía el alma de Arturo por la muerte de su leal sobrino Gawain se multiplicó al despuntar imparable el odio que alimentaba aquel hijo secreto malnacido, inclinado al mal. Y el deseo de venganza del rey lo cegó, porque mandó a la batalla sin orden alguno a todos sus efectivos. Keu por el flanco izquierdo, Pellinor por el derecho, y su cuñado Lot y él mismo, empujados y encendidos por la furia de padres adoloridos, dispuestos a enfrentarse al enemigo sin otra previsión ni estrategia que el deseo de herir y matar.

Y aquel fue su error, porque la ofuscación nunca es buena consejera de los actos humanos. Los dos flancos sucumbieron casi al mismo tiempo ante el desmesurado número de enemigos. Ni rastro de Keu, su hermanastro fiel, atravesado por flechas enemigas y sepultado bajo su montura; ni del cuerpo del valiente Pellinor, hasta entonces invencible, que acorralado por cinco enemigos gritaba pidiendo refuerzos al rey, que no le podía atender, ocupado en defenderse a sí mismo y dejándole a merced de la suerte esquiva, cumpliéndose así la maldición que Merlín había anunciado, cuando vaticinó que moriría pidiendo auxilio y sin que su mejor amigo le oyera y acudiera a socorrerle.

No hubo ni tiempo para lamentar todas las muertes de los amigos y queridos caballeros que iban cayendo en el campo de batalla. El ejército de Arturo parecía acorralado y definitivamente diezmado por los feroces enemigos que habían sembrado la planicie de muertos. Todavía vio Arturo caer a Lot de Orcania de su caballo, allí a su lado, víctima de una lanzada mortal que le aprisionó dentro de su abollada coraza, ahogándolo mientras se revolcaba por el sucio y embarrado campo de batalla. Y el rey no pudo ni consolar los últimos instantes del moribundo Lot, en medio del terrible desconcierto. Todo hacía creer que acabarían víctimas de una cruel derrota histórica, ya que los mejores hombres de Arturo, sus principales caballeros, yacían muertos en aquel horrible cementerio de cuerpos insepultos donde combatían.

Pero entonces, la furia dolorida dejó un espacio a la inteligencia, y el rey decidió replegar a todos sus hombres, haciendo como si se dieran por vencidos. Fue una maniobra elemental, pero que engañó a un enemigo vanidoso, sediento de victoria inmediata. Ya se ceñía Mordret los laureles triunfales, y sonreía, el infame, convencido de que las tropas de Arturo estaban ya muy diezmadas.

Y así era, ciertamente, pero eran valientes, corajudos, orgullosos y fuertes, dispuestos a morir luchando junto a su rey. Por eso se recuperaron al oír que Arturo les decía:

–Hasta el último aliento, tenemos que mantenernos fieles a lo que es justo y de ley. Camelot es la corte del reino de la paz donde queríamos vivir todos. Y yo, Arturo, juro que he de dar toda mi sangre defendiéndolo. ¡Caballeros!, en nombre de Gawain, Pellinor y tantos valientes de la Mesa Redonda, caídos defendiendo nuestros derechos. ¡Por la Gran Bretaña, caballeros!

Y la arenga hizo su efecto. Llevados por el recuerdo de sus amigos muertos y por la fe que tenían en Arturo, que ahora los comandaba con precisa estrategia, con un orden ejemplar rodearon al incauto enemigo y con potencia renovada dirigieron ataques selectivos y rápidos a los flancos más confiados y mal cubiertos, demasiado tranquilos, desprevenidos, y ya dedicados a celebrar un triunfo que creían seguro. Y los hombres de Arturo, empujados por la rabia, cayeron sobre ellos sedientos de muerte, como el lobo hambriento que devora con rabiosa pasión a los corderos indefensos.

Fue aquella una carnicería tal, que trazaron una sangrienta ruta de cadáveres a su paso, obligando a los ejércitos de Mordret a replegarse, a huir en busca de un castillo o refugio para reorganizarse con vistas a contraatacar. Pero alguien había difundido por las tierras costeras la voz de que Arturo, el rey, había vuelto al país, así que al sobrino traidor le resultó imposible encontrar acogida, ya que el rey con los suyos emprendieron de inmediato la persecución de Mordret y sus hombres por el país, durante días.

Hasta que el usurpador decidió detenerse con los hombres que le quedaban, con el propósito de hacer frente a su perseguidor a la entrada de Salisbury, pero entonces ya muchos de sus aliados le habían abandonado, porque confirmaron que las promesas de recompensa hechas por Mordret eran infundadas.

Y Arturo llegó al llano que hay frente a Salisbury dispuesto a todo, con la rabia quemándole las entrañas, para desafiar a su enemigo.

–¡Prepárate a morir, Mordret! –avisó el rey, con un grito que retumbó entre las filas de los soldados enemigos–. No sé qué parte de la sangre que te corre por las venas se ha podrido con la semilla del mal, haciendo que te conviertas en enemigo de los tuyos, pero ahora ya es tarde para curarte de esa enfermedad. Si por azar conservases un poco del honor que tendrías que haber heredado de tus antepasados, ahora se vería que puedes ser valiente y, en lugar de abocar a tus hombres a una muerte segura, te atreverías a librar un combate singular y a toda ultranza, es decir, hasta la muerte, conmigo, en este mismo campo donde mi padre, Uterpendragón, venció a sus enemigos e inició la construcción de nuestro reino victorioso.

Aquellas palabras dejaron flotando un espeso silencio sobre los dos ejércitos. Desde sus filas, todos los hombres miraban a Mordret con ojos interrogantes, convencidos de que solo podía haber una respuesta: el desafío de Arturo.

–¡Tienes que responder como un valiente! –decían unos.

–¡Debes demostrar que mereces la corona! –gritaban otros.

Mordret dudaba. No sabía si Morgana le protegería en aquel embate definitivo. Esperaba que lo hiciera, que lo condujera con sus artes mágicas a la victoria, a pesar de que Arturo empuñaba la famosa Excálibor que le hacía invencible. Algo debía de tener preparado la hechicera, pensaba el traidor, y ahora no le podía fallar. «No luches con la espada –le pareció que le decía, astuta, una voz que oía dentro de sí–, atácale con la lanza, para que no pueda usar su arma predilecta». Sin duda, solamente podía ser Morgana que le aconsejaba. Ahora se sentía seguro, por eso respondió, levantando la cabeza, orgulloso, ya convencido de que la maga le daría el triunfo y el reino:

–Acércate, viejo Arturo –fanfarroneaba Mordret para herir al rey–. Pon a punto tu lanza. ¡Te convenceré de que el mundo y tu reino ya pertenecen a la mano fuerte y joven que te va a relevar!

Los que fueron testigos de aquel choque hablan de un combate que es imposible que se vuelva a repetir jamás. Ninguno de los dos contendientes parecía consciente del parentesco que los unía, porque es bien cierto que el odio ofusca las mentes y borra cualquier rasgo humano o lazo de sangre que haya podido existir entre hombres ganados por el rencor. Tan solo eran enemigo contra enemigo, irreconciliables a muerte.

Arturo se bajó la visera de un golpe seco, tomó la lanza con brazo firme y espoleó a su caballo para ponerlo al galope. Mordret emprendió su ataque empuñando el arma con furia, ya que quería que todo se resolviera a caballo para que Arturo no desenvainara su espada por nada del mundo, puesto que estaba convencido de que la juventud le daba una clara ventaja. Unos segundos antes del encontronazo, el hijo traidor insinuó un falso movimiento de cintura y movió el escudo en una finta rápida para hacer dudar al contrincante, que no se inmutó, sino que aprovechó el único espacio descubierto en el momento del encuentro. La lanza del rey, sólida, fuerte, directa, segura, implacable, atravesó la armadura por debajo de la axila izquierda.

El grito de dolor, un aullido espantoso que paralizó el aire, hizo creer que todo había acabado. Parecía que era una victoria limpia, rotunda, definitiva, y que Mordret moriría al instante. Fue así, pero el traidor, traspasado por la lanza, antes de caer, en un último gesto de fuerza feroz, pudo herir a Arturo mortalmente en la cabeza con una brutal sacudida. Y el rey, todavía consciente, cayó del caballo cuando el otro expiraba.

Morgana, indiferente a la suerte de su marioneta Mordret, se sentía contenta del resultado del combate. No, el usurpador no ocuparía el trono del reino, pero Camelot no volvería a ser jamás lo que había sido.

[16]

La muerte de Arturo

Primero corrió entre los hombres de Arturo estupor y sorpresa. Después se multiplicaron las cuitas y lamentaciones al ver al rey caído en el suelo. Nadie, ni los que se suponía que eran los suyos, tuvo en cuenta el cadáver de Mordret, que dejaron allí, abandonado, a merced de las bestias. Los enemigos de los nobles bretones admitían la derrota y se fueron retirando hacia sus tierras del norte, cabizbajos y vencidos, pero seguros de haber asistido a un acontecimiento que los siglos habían de recordar, mientras los caballeros se acercaban a Arturo, que todavía respiraba.

–¡Señor! ¡Majestad! –el noble Girflet, que había estado a su lado en los últimos días, intentando sustituir a los insustituibles que habían muerto en los últimos combates, comprobaba que el rey respiraba, a pesar de la dolorosa herida.

–¡Han tocado al rey! –gritaban algunos, alarmados–. ¡Arturo está herido!

–¿Estáis bien? –insistía Girflet–. ¿Qué podemos hacer?

–No os lamentéis más –Arturo respondía y un hálito de esperanza ensanchaba los corazones de los que le rodeaban–, que aún tengo deberes por cumplir. ¡Subidme a mi caballo!

Obedecieron la orden, contentos de ver el ánimo de su rey, a pesar de que era evidente que no estaba en disposición de cabalgar mucho rato.

–Marchaos a Camelot –volvió a ordenar a su gente–. Id, todos. Y tú, fiel Girflet, acompáñame a la misión que ahora debo cumplir. Excálibor, mi espada, no puede caer en manos de cualquier traidor. La recibí como un regalo y ahora he de devolverla.

Dificultosamente, con la lentitud inevitable de sus condiciones, Girflet acompañó al malherido Arturo hasta la orilla de un lago que el rey conocía bien. Una vez allí, Arturo pidió que lanzase su espada Excálibor al agua con todas sus fuerzas, cosa que el caballero cumplió sin comprender. Arturo quiso explicárselo.

–Todo lo que nos ha sido dado y viene del más allá, debe ser devuelto al más allá misterioso de donde nos llegó. Así debe ser con todo lo que tenemos en esta vida –decía Arturo, mientras en silencio lamentaba no tener descendientes a quienes ceder aquella arma preciosa, ni la corona, ni el reino.

Excálibor rodó por los aires, describiendo un arco durante un buen trecho sobre el lago, hasta que, cuando ya caía y estaba a punto de hundirse, una mano surgió del fondo del agua y la tomó, blandiéndola hacia el cielo. Era la misma mano que mucho tiempo atrás había entregado a Arturo la famosa Excálibor, que había ido a buscar hasta allí siguiendo las indicaciones de Merlín. Y fue a partir de entonces cuando empezó a ser respetado como rey. Allí se había iniciado su reinado y allí tenía que acabar. Al ver cómo la mano del lago tomaba su arma y se la llevaba hacia las profundidades, comprendió que su tiempo también estaba definitivamente acabado y que se encontraba muy cerca de la muerte inevitable.

–Querido Girflet –empezó diciendo el rey–, quiero que me obedezcas con la fidelidad de siempre, aunque no entiendas el significado de mis órdenes.

–Haré todo lo que mandéis, señor –respondió el caballero, dispuesto como siempre a obedecerle.

–Vete, pues –ordenó Arturo–. Parte enseguida y sin tardanza hacia la corte. A pesar de ceñir la corona, yo también he de cumplir el destino que tengo marcado. Y debo cumplirlo solo, como toca a todos los hombres.

Sorprendido por aquellas palabras que le inquietaban, Girflet estuvo a punto de mostrar su desacuerdo, pero el rey hizo un gesto mandándole callar e indicándole qué camino debía tomar.

El fiel caballero, naturalmente, obedeció a su señor. Y ya estaba a una cierta distancia de la orilla, alejándose en dirección al camino de retorno a Camelot, cuando oyó la voz de Arturo, que le daba una última recomendación:

–¡Dile a Ginebra que no sufra por mí!

Aquellas palabras las pronunció con la voz entrecortada, imaginando a su amada impaciente y preocupada, en Camelot, porque ignoraba que en la corte los hechos se habían precipitado y que la reina, dándole por muerto y convencida de ser viuda, había decidido encerrarse en un convento de mujeres santas, donde al cabo de poco tiempo, antes de que Arturo y los suyos desembarcasen a su regreso, golpeada por el dolor y la tristeza de lo que había tenido que vivir en sus últimos días de Camelot, había entregado su alma al Cielo, rodeada por las plegarias de toda la comunidad y con el recuerdo de su rey, a quien había amado hasta el último instante.

Girflet, que tampoco sabía nada de lo que había sucedido en Camelot, se dio la vuelta para confirmar al rey que cumpliría su encargo y para ver qué hacía Arturo, allí, solo y malherido, con la mirada perdida en el infinito.

Fue entonces cuando entrevió acercarse, deslizándose en silencio por la superficie del agua hasta tocar la orilla, una barca tripulada por remeros vestidos con hábitos de monje, la capucha puesta, ocultando los rostros. Les acompañaban en la nave un grupo de bellas doncellas, cubiertas con ropas bellísimas de riqueza nunca vista, que contrastaban con la oscura austeridad monacal de los que guiaban la barca. Aquellas hermosas y delicadas mujeres se lamentaban dando muestras de duelo evidente, llorando y quejándose con oraciones que Girflet no podía oír bien ni comprender, a pesar de que iban acercándose a donde estaba el rey.

Y vio como, después de una pequeña maniobra, tocaban tierra y, sin desembarcar ni cesar en sus lamentos, invitaban con gestos al rey para que subiera a la nave, armado y montando en su caballo, con toda su majestuosa presencia. Entonces, cuando Arturo estuvo a bordo, emprendieron el viaje lago adentro y se perdieron entre la bruma y la niebla húmeda que caía rápidamente, cubriendo de misterio las aguas que surcaban, siempre con los lamentos de las doncellas rompiendo la tensión helada del silencio.

La impresión de lo que acababa de ver hizo que el caballero Girflet se quedara inmóvil y mudo un largo rato, sin moverse de su caballo, deslumbrado por la incapacidad de comprender, mientras la visión se borraba en la distancia inescrutable. No supo decir ni una palabra, convencido de que lo que sus ojos acababan de contemplar era una escena irrepetible, que probablemente no sería capaz de contar con detalle a nadie. Tampoco fue capaz de identificar, entre los velos de seda que cubrían a aquellas compungidas doncellas, la presencia de Viviana, la Dama del Lago, perdición de Merlín, pero protectora de tantos caballeros de Camelot, que se llevaba hacia Occidente a su rey, Girflet quiso pensar que quizás para curarle.

Y lo que sucedió a partir de aquel momento con Arturo es objeto de muchas suposiciones poco claras. Hay quien dice que, llegada la barca a la isla de Avalon, las doncellas y Viviana le cuidaron hasta curarle completamente, y que allí quedó, en aquel territorio mágico, donde todavía vive hoy, entre la paz y la felicidad que le ha sido concedida por el bien que hizo a su país; y que está dispuesto a volver para agrupar a su gente y unir el reino en el momento adecuado.

Pero otros afirman que el dolor que mostraban las damas que fueron a recogerle con la barca fatal se debía a que sabían que nada ni nadie podría hacer recuperar las fuerzas perdidas a Arturo, y que eso era, añaden todavía, porque Camelot, la corte de los nobles caballeros de la Mesa Redonda, aquel oasis de gozo, cortesía, paz y felicidad donde él y Ginebra reinaban, ya había desaparecido para siempre.

Hasta existen leyendas que, exagerando mucho y de manera poco creíble, hablan de un Arturo transformado en cuervo por la maga de las hadas de Avalon. Y por eso el cuervo es tenido desde aquellos días como un ave real en Gales y el oeste de la Gran Bretaña, tierras donde son seguidos los augurios de los cuervos, porque las sobrevuelan vigilándolas desde siempre y para toda la eternidad.

Sea como sea, la historia atestigua que unos días más tarde de la extraña escena que había podido contemplar en el lago, de camino para cumplir las órdenes de Arturo, Girflet llegó a la abadía de Glastonbury, perdida entre bosques espesos, de los que recibía también el nombre de abadía Negra con el que algunos la conocen, y allí hizo un descubrimiento que le tendría inquieto muchos días y desvelado muchas noches de su vida.

–Bienvenido seáis, caballero –le recibió el abad, en nombre de la comunidad, al acogerle–. ¿Sois también del cortejo fúnebre, vos?

–No sé de qué cortejo me habláis... –respondió, descabalgando, Girflet, cansado.

–Del cortejo del rey Arturo, naturalmente –contestó el hombre santo.

Efectivamente, después de la sorpresa, Girflet quiso aclarar el significado de aquellas palabras y se hizo conducir al cementerio de la abadía donde, entre el laberinto de antiguas tumbas marcadas por lápidas que el tiempo había erosionado, destacaba una nueva, dedicada a «Arturo, rey de la Gran Bretaña», con esa inscripción grabada en la piedra.

–Un largo cortejo de damas afligidas trajo el cuerpo del pobre rey hace unos días para que lo enterrásemos aquí.

Girflet, como tantos otros hasta hoy, no supo nunca si debía creer que el difunto que dormía el sueño eterno en la sagrada tierra de la abadía Negra de Glastonbury era su rey. Y al llegar finalmente a la corte encontró que gobernaba el reino Cador, duque de Cornualles, único heredero directo de Arturo. Pero aquella fue otra corte, otro país y otra historia.

Porque a lo largo del camino de retorno a Camelot, Girflet pudo oír muchas más versiones que querían explicar qué le había sucedido al rey Arturo. Y eran tantas las historias, que ni él ni nadie sabía qué tenían de cierto todas las que se explicaban.

Hubo mucha gente en Cornualles que recogía aquellas voces que informaban que el buen rey Arturo reposaba en una isla mágica (se referían, claro está, a Avalon), desde donde había enviado mensajes a algunos de sus nobles asegurando que él estaba siempre atento a lo que sucedía en su reino, por si era necesario volver para poner paz y restablecer la Mesa Redonda con sus caballeros. Muchos quisieron creer que eso era cierto, y hablaban de la *esperanza bretona,* refiriéndose al sentimiento que el relato difundía, sobre el posible retorno del rey de Camelot y el renacimiento de aquella añorada corte.

Esa historia, sin embargo, se unía a las demás que cuentan todavía hoy, fantasiosas o no, y que insisten en la posibilidad de que Arturo, favorecido por la Dama del Lago o cualquiera de sus doncellas, conserve el poder de la vida y las posibilidades de volver a la Gran Bretaña a reconstruir su reino, como muchos juglares insisten en cantar, tanto en la isla como en el continente.

Porque a cada nuevo giro del tiempo, una nueva versión del final de Arturo y de lo que se espera de él recorre las tierras que habitó e incluso traspasa las fronteras, probablemente porque pasados los siglos continúa siendo necesario creer en un señor valiente y justo, que acoja alrededor de una Mesa a los buenos caballeros y los una para luchar por la paz y la honradez, por la razón y la rectitud.

Sin embargo, nadie puede afirmar ni negar nada de lo que se decía y se dice, porque la historia deja en manos del tiempo la respuesta a esta y a muchas otras preguntas.

Es por todo esto por lo que, desde aquellos días,
Arturo goza del nombre más grande y de la más grande fama
que pueda tener nunca cualquier otro caballero del mundo.
Y es tenido en gran estima por personas
de todos los rangos y estamentos.

.

[...]

Epílogo

Cuando todos los acontecimientos que se han narrado aquí eran ya historia pasada, cuando Camelot era una corte de la que solamente se conservaba la bella memoria, todavía existían caballeros que andaban por el mundo con la intención de impartir justicia y hacer el bien. Y tenían quien cantaba sus dolores y glorias.

Y el antiquísimo monumento de esta obra tiene muchísimos autores, que la han ido renovando, detallando y definiendo a lo largo de los siglos en diversas lenguas. Sir Thomas Malory, Robert de Boron, muchos anónimos narradores de quien los siglos han borrado el nombre, el admirado novelista John Steinbeck, el maestro de maestros, Martí de Riquer, que nos ha regalado versiones en nuestra lengua, así como Carlos García Gual y, sobre todos ellos, el gran Chrétien de Troyes, creador y autor de algunas de las más maravillosas aventuras. Estos y muchos otros han construido un entramado de encrucijadas que conforman un universo poblado de héroes modélicos, caballerosos y fieles a la defensa de la honradez y la bondad, la cortesía y la valentía, que nos han llegado hasta hoy.

Es Chrétien, por ejemplo, quien, además de las de Erec, Cligés o Ivain, cuenta y no acaba las historias del gran Lancelot y la del joven Perceval, hijo de Pellinor, de vida apasionante, que sería el perfecto caballero de la corte de Arturo, formado en la Yerma Floresta Solitaria en la total ignorancia de las armas, hasta que el azar hace de él un campeón valiente y fuerte, diestro en el manejo de las armas y tan puro de corazón que, en su inocencia, después de admitir los errores cometidos, consigue entrar en el castillo del Santo Graal donde está el cáliz sagrado que tantos caballeros buscaron.

Podría hablarse también de la historia que nos ha legado un anónimo autor, del caballero Tristán y sus amores apasionados y difíciles, marcados por pócimas mágicas, con la bella Isolda, que alimentan y llenan todavía hoy los sueños de tantos jóvenes enamorados.

O recordar a los dos desdichados hermanos, protagonistas de la muy estimable narración *El caballero de las dos espadas,* víctimas de una maldición anunciada. Y así, también, está viva la memoria de Blandín, de Jaufré, de Galahad, de Bonhort y de otros muchos que convivieron en la corte de Camelot, mucho o poco tiempo, y de los que lucharon por los campos y castillos de la Gran y la Pequeña Bretaña. Como también de todos los que, a lo largo de los siglos se han sumado a ellos y pueblan la tierra maravillosa de los deseos amorosos y aventureros, que son ejemplos en los que reflejarse, espejos indestructibles con el paso de los años.

Porque es infinito el número de caballeros heroicos y nobilísimas doncellas, cuyas historias quedan pendientes de relatar. El lector los podrá encontrar en otras páginas y en otras lenguas donde se les ha hecho justicia detallando, en verso o en prosa, sus amores y luchas, ya que la vida de Camelot, en tiempos de Arturo y Ginebra, transcurrió entre hechos extraordinarios, irrepetibles muestras de valor y delicados encuentros amorosos, nunca más vistos, que el tiempo no ha borrado y seguramente no borrará jamás.

A todos ellos, pues, caballeros y damas, nobles y señores, valientes y enamorados, amantes de todos los tiempos, eternos, siempre actuales, que la gloria y la fama que merecen les sea reconocida a través del humilde homenaje que quieren ser estas páginas.